你喜欢一个人的时间总是不够长，长不到一生一世。

是你不够专情，还是他不够好？是你在拥挤人潮里，弄丢了他，还是你们本来就不在同一个方向？

你在乎一个人的时间总是不够长，长不到够你细数他所有的好。

是你分了心神，还是他没有了吸引力？是你在岁月的磨盘前，没有足够的耐心，还是你为了他不停地奔跑，已经用尽了所有的力气和勇气？

你爱一个人的时间总是不够长，长不到说好的相濡以沫。

是你忘记了初心，还是他已不是原来的模样？是他的诗意跟不上你的现实，还是你的忙碌惹恼了他的悠闲？为什么你和他，总是一个低头看着脚下的大地，一个仰望着天上的星空？

你坚持一个梦想的时间总是不够长，长不到看见路的尽头。

是现实揉碎了你的梦想，还是你辜负了从前的努力？是现实给了你的失落和迷茫，还是你在任性之后，对梦想厌倦了？

其实，你自己也不知道，到底是因为什么。

但你知道，你从来都是自由的，所以你对什么都不愿意将就。

对你而言，哪怕是一丝一毫的将就，都是对自由的亵渎，都是对青春的辜负。于是，你宁愿孤独。

你是外向的孤独症患者，你的孤独，无药可医。

你的热情可以把人融化，你的冷漠也可以让别人对自己产生怀疑；你的霸道往往叫人无可奈何，你的聪慧让人连连叹息。

你的冒失让人无言以对，你的固执让人火冒三丈；你的幽默让人觉得人生并没有那么多不快乐，你故作的坚强会让人产生想疼惜你的念头。

你看起来很凶，其实内心是最柔软的；你总是嘴硬，其实心里温柔得很；你很讲义气，总想什么都自己扛；你看起来很冷淡，但那只是保护自己的方法。

你有两个完全不同的灵魂，却占据着同一个身体，这就是你的悲哀。

于是，这个世界会有两个完全迥异的你，一个假装快乐，一个真心难过。

于是，这个世界会有两种不同状态的你，一个在黑暗里醒着，一个在光明中睡着。

你同时也拥有两颗完全不同的心：一颗是天使的心，一颗是恶魔的心，你的身体不得不受两颗心的驱使。

天使心的你，很善良，很天真，只单纯地希望自己和身边的人都能得到快乐。但天使的心却很脆弱，十分容易受到伤害。

　　而恶魔心的你，很调皮，很敏感，所以你总是在很快乐的时候迷茫，在人群之中觉得寂寞。

　　因为有两颗心，所以你的感受往往比别人敏锐，你的所思所想也都是双倍的。于是，你要用一个人的身体承受着两个人的快乐与悲伤，还有双份的孤独。

　　你像孩子一样真诚，像夕阳一样温暖，像天空一样宁静，像风一样自由。

　　只有真正被你爱过的人才明白，放荡不羁的人也会有一颗想要安定的心是什么意思。风象星座的你不是值得爱，而是很值得爱。

　　本可以选择平坦磊落的路途，你却选择了荆棘丛生和崎岖危险；本可以选择云淡风轻地路过，你却选择了飞蛾扑火，不计后果；本可以选择热闹喧嚣的狂欢，你却选择了茕茕孑立，形单影只。不管岁月如何变迁，因为不得言悔，所以甘心承担。

你害怕孤独，所以你也曾努力让自己变得合群，但你更享受孤独，所以不愿意将就。

拥有爱，你就疯狂，用热情撑起所有梦想；失去了爱，你就坚强，一个人扛起所有的伤。

你可以发火，也要发光；你可以发泄，也要发奋。关于过去，告一段落；关于未来，大可期待。

目　录

第一辑　爱像一阵风，吹完你就走

第二辑 爱就疯狂，不爱就坚强

第三辑 我爱自己，没有情敌

第四辑　天暗下来，你就是光

第五辑　不合群是表面的孤独，合群是内心的孤独

第六辑　只要活着，就一定有好事发生

第一辑

爱像一阵风，
吹完你就走

双子座善变，这是公认的。他们聪明又浪漫，只有你想不到的，没有他办不到的。

你要撒野，他陪你拍桌子大笑；你玩文艺，他陪你仰望星空。所以千万别因为他忽远忽近、忽冷忽热、若即若离，就找借口说不合适，没有不合适，只是你驾驭不了双子罢了。

不论是工作、学习，还是感情，双子座都自由自在惯了，你可千万不要威胁他，逼得太紧，他就溜了。你要记住，双子座就像风一样。

因 为 不 爱 ， 所 以 舍 得

双子给人的印象是爱玩，没个正形，看起来对感情不靠谱也不负责任。

双子的爱就像走马观花，双子的天性就是喜欢寻觅，喜新厌旧。可是他们一旦认真起来，就会全心投入，一旦分手，很难从痛苦中抽离。双子这时就会伤害自己，眼泪下成雨。

双子不是忘不了过去，而是放不下过去那个特别认真的自己。双子是值得爱的那种人。

我只是个普通人，
渴了会想喝水，困了会想睡觉，
痛了，大概也会放手吧。

给他的电话拨到了手疼，可那边还是一片死寂。就好像那些纵横在地下的光缆，早已经断在地层深处。

有什么人，可以看着电话爆响而不伸手去接？答案其实很残酷，无非是不想接了。

你要知道，对方只有不爱你，才会不去体谅你拨打电话时的焦急和心痛。

他这样忍心看你焦灼，无非是因为没有爱你。

若他真的爱你，怎么会忍心让你等？若他真的爱你，即便是身在天涯海角，也会日夜兼程地赶去见你。

若他真的爱你，怎么会忍心看你为他哭了、痛了。

你要明白，再大的纠葛，也可以用一个拥抱解脱；再深的思念，也可以用一声问候汹渡。

若他真的爱你，一败涂地时他会自己去扛；颠沛流离时他会自己去流浪。

所以，能让你一起受苦受难的不是真的爱情，能看你辗转反侧无动于衷的人，不是真的爱你。

因为不爱，所以他舍得。

他舍得让你焚心似火，是因为他的心中没有水火。你纠缠，他闪避，无非是因为他不爱了。

一个爱字，有几个人能担当得起。因为爱这一个人，肯为他收拾所有心情，关闭所有视听，专注于他一人，眼里心里只有他一人。

可是这个人有没有像你一样，只是专注你一个人？还是找一个借口争执，借一次暴怒离开，又或者看你哭成一团，也不再回头？

他舍得你柔肠寸断，不是因为你做错了太多太多，只是因为，他不爱。

不爱你，他才舍得你经历所有苦难；不爱你，他才舍得你从天黑等到天明；不爱你，他才舍得让你的心情历经水火。

轻描淡写地把一个理由说出来，你就原谅了；为无足轻重的一件事发了一次脾气，所有的争执你都变得理屈词穷。

在某些人眼里，双子高冷，难相处，且捉摸不透；在另一些人眼里，双子呆萌，热心肠。双子的确多面，但是你要清楚，你看到的双子，是他想让你看到的样子。

Gemini

为什么会这样？只是因为你爱他，所以你注定已经先输了一局。

爱情是一场兵荒马乱的战役。所有的争战，赢家总是那个占据上风且冷酷无情的人。宛若两个人的角斗，能活下来的从来不是武功盖世的那一个，而一直是肯挥剑相向的那一个。

可悲的是，不到被斩落马下，不到一败涂地，你永远都不肯承认：那个杀了自己所有想念和感动的人，就是对面那个，那个你深深爱着的人。

亲爱的，你要知道，有时候离开一个人真的不用发生什么惊天大事。对于一个主动给爱的人来说，从来都只是细节里的变化：他渐渐不再耐烦的语气，他越挂越快的电话，他越回越少的短信……这些细节慢慢累积，最后在某个你们不在意的小小细节里，感情分崩离析。

爱是累积来的，不爱也是。

同样的道理，对一个人心寒，从来也不是一下子的，而是一点一点的。想要离开一个人，也不是瞬间的，而是日日积累的。

你要明白，许多事情并非一日之寒。我们要断绝一段感情，

双子座看起来能说会道，其实很孤独，因为他们习惯性地把一切都藏在自己的心里。双子很会保护自己，只要他们不愿意，别人别想探究他们的秘密跟内在的想法。

Gemini

需要花很久很久的时间。当有人可以在一瞬间和你分手，或许不是不爱，而是从来就没爱过。

因为相爱，是不舍得。

你要记住，永远不要为一个不爱你的人，去浪费一分一秒。因为任何人都不能靠踮脚去爱一个人，那样重心不稳，注定撑不了多久。

如果喜欢，为什么不说出来？如果不爱，为什么还要暧昧？亲爱的，你要记住：世上所有的事情都可以模糊，只有感情必须是清清楚楚。

没有用的东西，再便宜也不要买；不爱的人，再寂寞也不要依赖。

让心口的伤疤变成一道护心符。因为，来日方长，我们需要的不是沉湎，而是警觉。

双子是喜新厌旧的惯犯，但双子也是在爱情里最强烈给予的
一个。在感情的长河中，双子就像是一只随风飘荡的小船，
虽有安定下来的欲望，却没有找到那个可以停靠的港湾。

Gemini

长不过执念，
短不过善变

时而爱你爱得要死，时而恨不得让你去死。这是双子座在爱情里的真实写照。分裂的双子，就是如此在爱情里反反复复，经历着一段又一段的苦楚爱恋。

双子座的守护星是水星，水就有流动性，这也给予了双子多变的性格。他的适应能力特别强，只要是他喜欢的，他都会努力奋斗凭借自己那三寸不烂之舌把它追到手，但是由于天生的多变性格让人们觉得他不懂爱情，因此频频受挫。

双子座很需要志趣相投的恋人，也需要足够的空间和谅解。

与你缘分太浅，多情与深情，
不过是一念之间。

　　曾经以为相识一场，便能相伴一生。到头来，不过是玩笑
一场。

　　曾经以为只要紧紧地捉住彼此的手，就能不分离，最后却
分道扬镳了。

　　曾经以为到了最后都变成了桥归桥、路归路了。

　　行走在青春的路上，你遇见了无数美好的风景，遇见了你
生命中不能承载的伤痛，遇见了一个又一个远去的背影。

　　你总算还是明白，如花的美眷，终抵不过似水的流年。姹
紫嫣红的春色，也只是韶光一现。

　　和他分开的那一天，你没有掉眼泪，不是因为不难过，而
是从相恋的那一刻起，你就知道你和他不会一辈子都在一起，
因为他是天鹅，他的理想是蓝天，而你只是一只默默无闻的蛙。

　　别人不会明白为什么分手后你会不断地换恋人，其实，并

不是因为你花心，也并非你善变，而是你找不到一个比他更好的人，你还是没有放下他。

从陌生人到亲密爱人，最后变成路人，这就是爱情的魔力。昨天还山盟海誓的人，今天就变得可有可无。爱情就这么无常。

很多分手猝不及防，还没来得及好好告别，就从此再也不见。原来，无情的不是时间，而是人心的善变。

我们执着于什么，往往就会被什么所骗；我们执着于谁，常常就会被谁伤得最深，不要以为你放不下的人同样会放不下你，鱼没有水会死，水没有鱼却会更清澈。

不要瞧不起那些喜新厌旧的人，而要羡慕他们拿得起放得下；不要嘲笑那些善变的人，而要崇拜他们那么短的时间就能走出过去。

人心的确很善变，但只要你自己没变，也知道自己需要什么，那么总有一天会在某个角落，遇到某个对的人，不是吗？

只是突然就难过了，世界突然就安静了，心突然就空虚了，思念突然就开始泛滥了。

有人说，一种东西开始泛滥的时候，就不再值钱了。是不

双子的快乐与悲伤，交替出现的频率非常高。沉浸在忧郁中的双子座是冷静而又理性的，而经历过伤痛之后，双子也会变得尤为懂事。

Gemini

双子暗恋一个人时，就会把自己喜欢的人的各种消息都翻烂，每天没事就去不停刷新，看看他和别人的互动、点赞、关注、评论，感觉很难过，可还是要继续这种自虐行为。

Gemini

是分离之后的思念就不值钱了。

有人说，长不过执念，短不过善变。只是，伤心的人成了前者，无心的人理所当然地成了后者。

没有人知道，某个时刻你有多么难过，没有回应的等待，真的让人很累。是啊，一个人需要鼓起多大的勇气，才敢念念不忘？

都说时光飞逝，其实只是人心在变，情在变。都说爱情抵挡不住时间的冲刷，其实是时间抵挡不过我们的善变。

有人那么自私，而有的人却那么傻。

有一些东西错过了，就一辈子错过了。人是会变的，守住一个不变的承诺，却守不住一颗善变的心。

与失去相比，你更怕拥有。也许不是经历多了，而是相逢的人停留的时间不长，留下一点点痕迹就离开了，然后就分道扬镳了。

你只是厌倦了这种得得失失的心理，你只

双子座是一个永远都在追求新鲜感的星座，所以他们很不喜欢一成不变的状态。在面对爱情时，双子喜欢追求新鲜感。如果说多情的天秤是见一个爱一个，哪一个都是真爱，那么双子就是见一个爱一个，哪一个好像又都不爱。

Gemini

是胆怯了这种停停走走的状态。

有时候执着是一种负担，放弃是一种解脱。人没有完美，幸福没有一百分，要知道自己没有能力一次拥有那么多，也没有权力要求那么多，否则苦了自己，也为难了对方。

成长的路上，偶尔的心乱，那都不要紧，被情所困，也不要紧。不要惧怕这些，只要不是一辈子的慌乱、一辈子被情所困就好。

谁还没有心乱如麻的时候？谁还没有为爱神魂颠倒时候？迈过这几道坎，你就会回归平静。

长不过执念，短不过善变。浮生如梦，人世间多少爱，迎浮世千重变。和喜欢的人，做快乐的事，不去问是劫，还是缘。

你要知道，时间带不走真正对的人，岁月留不住虚幻的拥有。

真 正 的 忘 记 ，
是 不 需 要 努 力 的

双子座其实是十二星座里面最爱钻牛角尖的星座之
一。由于对自我魅力的无限自信，他们总是觉得所
有人都会被自己吸引，而一旦不得不离开一个人的
时候，他们就满肚子的不服气，是我不够优秀吗?"

最适合双子座的遗忘方式，就是将对方当成自己奋
斗的动力："你既然嫌我不够优秀，那么我就优秀
给你看!"让未来的自己以更加优雅的方式出现在
对方面前。

你以为终有一天，你会彻底将爱情忘记，将他忘记。可是忽然有一天，你听到了一首老歌，你的眼泪就流下来了。因为这首歌，你们曾经一起听过。

于是你明白，一见钟情不是看了一眼就喜欢上了他，而是在看一眼之后，再也没有忘记过他。

距离之所以可怕，因为根本不知道对方是把你想念，还是把你忘记。但世上最欣慰的事也是在距离产生之后——你可能就此重逢了曾经走失了的自己。

多少爱情都是这样的——故事的开始说"我会给你幸福"，故事的结局说"祝你幸福。"

分手并不可怕，可怕的是我们一直陷在旋涡里面，越想摆脱，却越陷越深，无法自拔。

爱一个人很难，放弃自己心爱的人更难。不爱了，就别向他炫耀，向他炫耀只是代表你还是很在意他的想法，你还是对他念念不忘。他看到这种窘态，只会深信，你从来没有忘记过他。

你要记住，越是试图忘记，越是记忆深刻。人生就像一杯没有加糖的咖啡，喝起来是苦涩的，回味起来却有久久不会退去的余香。当眼泪流尽的时候，留下的应该是坚强。

分手了，不要去问原因要答案，因为永远问不到真相；即使真的被误会，也已经没必要解释了，对你不信任的人，何必呢？分手，最应该做的事情是头也不回地走掉。

你会发现：这种浅薄的关系，即使你只犯了一个小错误，也可以让他忘记了你所有的好。

总有些回忆在叹息声中重复上演，时光摩挲后的老电影越发沧桑凄凉，偶然间再站在荧幕前时，心已经不痛了，眼睛也不红了。只是，叹息多了。

你会发现，真正的失恋要经过三个阶段：第一阶段当然丧尽自尊，痛不欲生，听到他的名字都会跳起来；第二阶段故作忘却状，避而不提伤心事，可是内心隐隐作痛；到了最后阶段，他的名字与路人一样，不过是个名字，一点儿特别意义都没有。

你会慢慢发现，遗忘不一定是特别难的事，喝上一杯神奇的忘情水也许并不能医治你的爱情创伤，这时候，请你要求自己感染一场爱情健忘症。

被心上人无情放弃、欺骗或者分手太久，你似乎已然忘记了爱情的滋味。

表情淡然地行走在整个城市，看着地铁里温馨拥抱或者在机场洒泪吻别的人们，你会觉得自己格格不入，也知道自己寂寥，也向往爱情，也想要让自己有个幸福的明天。

可总是时间或者人物不对，回头想想，会发现爱的滋味不是相爱的甜蜜，不是分手的苦痛，而是一股求之不来的、纠结的辛酸。

有多久没听说过"我爱你"了呢？直至沦落到别人盯住你的眼睛对你说"我爱你"的时候，你并不感动而是满腹狐疑。爱我？爱我的什么？爱情就这么快的降临？我拿什么相信你的誓言？

你看，我们总是迫不得已地忘记了别人对我们说的"我爱你"，也许就在这样一个彷徨的时候，你在迷惑中错过了太多的人和事。

又或者，你根本忘不了爱过的人。你会情不自禁地按照旧人的眉眼和一颦一笑、一举一动去衡量之后出现在你身边的每一个异性，这对你的下一场恋爱显然不公平，谁也不是谁的替代品，过去的已然过去，将来的一定将来。

感情上太少一帆风顺，你必须要告诉自己，去珍视出现在你生活中给你爱情的人们，已经单身的你，必须学会的一门课程叫作辞旧迎新。

给自己留一点力气，给爱情留一点生机，留给自己一个出路，留给未来一丝希冀。只有恰到好处的忘记，才能毫无遗憾的逢迎。

你要记住，不管你能不能过去了过去，未来都在未来等你。

爱 像 一 阵 风，
吹 完 你 就 走

双子充分地诠释了水的特质，唯一不变的，就是
善变。

不论是爱一个人，还是被一个人爱，不论是热恋，
还是失恋，旁人很难用一个精准的词汇去描述双
子座的情绪状态，因为上一秒跟下一秒都是不一
样的。

双子深知自己的善变且深情的特点，所以在恋爱遇
挫时，他们会去找一些快乐的事情让自己开心起
来，这不是逃避，而是自愈的过程。过不了多久，
他们就会生龙活虎，跟得了失忆症一样。

得不到的爱人总归是风，
强留千百次也终究会了无痕迹。

也曾经在年轻的时候奋不顾身地爱过一个人，不计较得失代价，甘愿为之赴汤蹈火在所不辞。可是，轻狂已过，韶华不在，回想那段刻骨铭心依旧言辞凿凿，情话字字铿锵，可是遗憾的是，岁月已经抹杀了太多的记忆，甚至干脆忘记了曾经爱人的模样。

于是，在岁月中打过滚后的你恍然惊觉：爱情像一阵风，吹完你就走了。

有人说，分手的人重新复合的概率是82%，但是复合后能走到最后的概率只有3%，剩下的97%就会再次分手。和第一次分手一样的理由。

总在跌跌撞撞之后才仿佛明白，很多事情是不能强求的。旧情复燃的结果就是重蹈覆辙，自作多情的下场就是自取其辱。

愿你在被爱时不要强求对方，在分手时不要强求自己。

有些人可以在分手后很快就放下过去，但对你来说这几乎是不可能的事。你会一再回想这段感情到底哪里出了问题，试图从中找出可以改进的地方。即使分开了很久，当你突然看见两人曾经在一起的痕迹，你依旧会痛心。

可即便如此，你也应该知道，爱会让人软弱，也能让人勇敢。但不论离开谁，生活都还是要继续，不是吗？

面对失恋，许多人都直到听到了对方郑重其事地下达通知，才知道自己被失恋了。

许多可怜的孩子，只要一开始争吵季，就会脑子一蒙，败下阵来。然后从这一刻开始，立刻涌起了各种消极的情绪。然后寄希望于对方对自己的眷顾，开始祈求复合。接着陷入了求而不得、奋勇直追的恶性循环。

可是亲爱的，你要记住：爱情本来就不是一天建立的，更不会一天失去。

也许在热恋时，你们能够包容对方的一切

缺点：他脾气冲，你觉得男子气概十足，她喜欢撒娇，你觉得这才是女人应该有的样子；他花钱大方，你觉得这是为人豪爽，她总是算计，你觉得这是勤俭持家。

对方身上的每个缺点对你来说都无比的新鲜，就像从未尝过芥末的味道，稍微品尝一点，虽觉得如此辛辣，却恰恰是搭配海鲜的好手。

说过一千遍"我爱你"，最后也抵不过一句"分手吧"，这就是爱情。曾经多么刻骨铭心，曾经爱得多么死去活来，最后依然会云淡风轻，只是每个人的时间不一样而已。

所以当你收到你们已经分手的通知时，如果不是冲动分手，其实你们早就已经开始分手了。只是那一刻达到了顶点，让他彻底地绝望了。

回忆一下，其实从某一件事，或者某一个时间开始，你们的相处已经慢慢地出现了改变。

从某一个状态开始，你们之间的信任出现了危机。也许你察觉到了，但是却一直没有试图改变、解决。又或者，他根本不给你改变和解决的机会。

而这才是这一次分手的真相。

不需要遇到分手便撕心裂肺，也不需要听到失恋便觉得惨绝人寰。分手只是一个不满积累到一定程度的表达，它往往提醒你们该沟通了。

如果沟通后，是可以解决的问题，两个人找出解决的方法重归于好。如果是完全不能解决的根本问题，那也可以一拍两散，承认失败，并开始新的自我调整。

其实，爱情并不是龙卷风，吹完它就走，让你完全无法把握。只要你有足够的细心、理智，爱情就总会围绕着你的左右，送你清风拂面。

分手后，不要回想甜蜜往事，因为会让自己更痛苦；不要怀疑他的决定，因为他已经决定了；不要尝试挽回，因为不值得；不要担心错过他将是你人生最恐怖的事，他都不怕错过你，你怕什么；不要害怕你即将陷入无爱的一生，因为那不可能。

分手后，请你潇洒地往前走，你要相信，有个值得你爱的人，就在不远的地方等你。

初恋就像风湿病，
阴天下雨都会疼

双子座善变的同时也喜爱变化，他们不喜欢一成不
变的生活，所以双子不可能同一时间只做一件事
情，而往往是朝三暮四，心不在焉。

虽然双子多数拥有些小聪明，但不够专一，往往流
于肤浅，持久力又低，所以恋情的成功率相对较
低，可以说是理性但不安稳的星座。

在接二连三的爱情风暴之后，双子会越来越觉得，
初恋才是最适合的那个人。可是已经只能怀念，无
法再见了。

每个人都有过初恋，爱得热烈，爱得不计后果。每个人都许过勇敢的诺言，有多美丽就有多脆弱，无数次戳穿，又无数次相信。

每个人都有过莫名其妙的倔强，伤害过自己，也伤害过深爱的人。但不就是这些组成了美好的青春和短命的初恋吗？

初恋时，感情是一张洁白无瑕的纸，彼此小心翼翼，每一个细节都意味深长。

初恋时，感情不受人情世故的牵制，喜欢的仅仅是对方那个人，感情因此而纯粹。

初恋的开始可能莫名其妙，结束同样不需要明明白白。

最美的初恋应该没有故事发生。初恋是心照不宣的荡漾，是心领神会的默契。

初恋不需要缠绵悱恻，更不需要山盟海誓，这些都会因操之过急而适得其反。

　　初恋在回忆里应该无关欲望，是一抹温柔美丽的微笑。初恋使得我们不懂得爱情，初恋的意义只是指出了爱的方向。

　　初恋对于我们来说是什么呢？

　　是第一次的心跳，是第一次的彻夜无眠，还是第一次牵手时的颤抖？

　　也许，我们很多人都不能和自己一生中第一个爱上的人携手到老。也许，失去了初恋的爱情，我们还会遇上另一段新的爱情。

　　当你的初恋结束以后，你就不会再为了爱，写一封封缠绵的情书；不会再为了思念，半夜两点在空旷无人的广场中等待甜蜜的相会；不会把一起做过的事，一笔一笔记在日记本里。

　　和第一次爱上的人一起做过的事，也许这一辈子都不会再去做，一起去过的地方，也许也不会再去，因为怕想起那个最爱，也是最伤害自己的人。

　　在以后的爱情中，因为失去了一生中第一次的爱情，我们会更懂得珍惜，所以不会再像初恋那样任性妄为，我们会变得理智一点，会宽容一点，会为别人着想一点。

初恋的时候，在街上见到的人，仿佛都是爱人的脸，听到的每一首歌，都是为两人的爱情而唱。晴朗的夜空中，每一颗星星都是为爱人而闪亮，就算是一个人孤独的时候，想起远方的爱人，也会情不自禁地微笑。

无论是风和日丽的日子，还是下着雨的阴天，都会有浪漫的故事在上演。

是的，失去了初恋的爱情，我们还会去爱，但是，同样的天空，没有初恋时的蔚蓝，同样的花朵，没有初恋时的鲜艳，也许有更有力的怀抱，却也没有初恋时的温暖。

初恋，其实就是贝壳深藏在心灵里紧紧拥抱着的那颗珠子，那颗最美丽、最圆润而又最难舍的珍珠。就算是被摘掉了，都会在心里留下一个不能磨灭的印痕。

其实，在一起的时候没发生什么令人开心的事，之后回想起来满是苦涩，年少的初恋来得凶猛也结束得仓促。几年之后，各自成熟，见面还能寒暄几句，想必就是最好的结局。

这世界从不缺好的故事。故事的结局，静香没有嫁给大雄；晴子可能也就负责打开樱木花道的初恋大门……

有人曾牵手，但不会到最后，就像刚好在赶不同的列车，可能就与缘分失之交臂；抑或原本以为能长久同行的人，结果提前下了车……

看似遗憾，但人生的种种际遇，总要允许有人错过你，才能赶上最好的相遇。

每个人的初恋，大都十分纯情。跨过了初恋，爱情就生出了很多姿态。有人变得风流，见一个爱一个；有人变得冷漠，再不会拿出真心爱第二个人。

你要记住，不是每个人，都适合与你白头到老。有的人，是拿来成长的；有的人，是拿来偶尔想起的；有的人，只是过路的。

愿你有勇气祝福那个走散了的人，愿你有力气去寻找那个有缘人。

如 今 无 情 的 人 ，
曾 经 最 深 情

双子座之所以在大家眼里不靠谱，可能就是因为他们把感情看得太透彻。行不行，现实不现实，他心里早都有谱了。

没有结果的事儿，双子座不愿意强求，这样大家都不累。但是他同样也会为分离、错过、失恋等痛苦，当他自我折磨到一定程度时，就会突然想开，于是世界都是晴朗的。

我多害怕习惯了谁的好，
然后又被无情地丢掉。

某年，某月，某个波澜不惊的日子里，你曾很爱很爱一个人，他也曾很爱很爱你。但这不代表他和你可以永远那么爱着彼此。

他曾经很需要你，不代表他没你不行；你曾经很依赖他，但不代表非他不可。

感情的上风位置永远是自己设定的，当有一天他不再爱你了，当有一天你发现自己成了下风的时候，你要"明目张胆"地告诉他："我不爱你了。"

一个人要想得到真爱，首先要学会绝情，对不爱你的人绝情。不要傻傻去爱不爱自己的人。

如果你明明知道他不爱你，却还死心塌地、心存幻想，那么最后注定会把自己弄得狼狈不堪。

当然了，你大可不必笑话别人身上的疤，因为那可能只是你没受过或暂时还没受过的伤。

只是你也不知道，一颗心究竟要伤多少次，才会被迫选择放弃；一个人究竟要傻等多少回，才知自己只是多余。

只是别人不知道，你那颗如今冰封的心，曾经是最热烈；你这个如今无情的人，曾经是最深情。

如果有一天，某个人怪你没有好好爱着他，你就可以义正词严地提醒他，要他记得，是他当初不懂珍惜。同时也谢谢他当初的不珍惜，才锻炼了如今你的波澜不惊的内心。

爱一个人的时候，你的心思全在他身上，想着他，盼着他，担心的是他，发愁的是他，期望的是他，失望的也是因为他，一颗心都在他身上时，便没有了自己。

你的喜怒哀乐，都因为一个人变得身不由己起来。而一切的付出和期待，往往得到的是失望。

你要知道，期望越大，失望越大。

不爱的时候，你的心思才会回到自己身上，为了自己的健康合理地安排衣食住行，为了自己的美丽随心所欲地打扮，想成什么样就成什么样，想做什么人就做什么人，不必考虑他人的眼光。

这时你才能感觉到彻底的心灵上的自由和解放，完全为自己的喜好而活。

不爱的时候，心情最为平静，心态最为平稳，性情最为淡泊，与他人最好相处。没有多余的热情，没有多疑的猜忌，没有受伤的敏感，没有变态的恼怒，没有期望的焦虑，没有失望的伤心，没有不着边际的幻想。

不爱的时候，你有更多的时间用于丰富自己的心灵，有更多的精力来用于改善自己的生活，有更多的热情分散给朋友们，有更多的闲暇用于做你自己真正喜欢的事情，有更多的自信和笃定来塑造真正的自己。

深陷其中的人，无一不被烦恼和困惑缠绕，人心的复杂多变，世事的纷繁无常，都增添了感情这道题的难度，与其深陷其中而永世不得超生，不如多一些关爱给自己。

已经分手了的人，双方都不必再等下去了。毕竟两人曾经深深爱过，在一起生活有过回忆也是好的。

所谓的等待，只是耗费双方的时间互相绊住对方。既然在一起时都不珍惜，分手后再谈等待又有何用。不必等了，缘分自有天意。

如果相爱的两个人背道而驰，没机会没可能了，那么你就不必再傻傻地等对方。也许你在痴痴等候，而对方却过得欢乐。

对于没有缘分已经离开了的人，哭过之后就忘记吧，因为老天不想把不好的送给你，老天要送给你的，是下一份美好的感情。

一个人的柔软，是要写在外表的。而一个人的坚强，是要刻在心上的。真正的强大是，看起来云淡风轻，心里却是水火不侵。

愿有那么一天，你还会奋不顾身地去爱一个人，用你的所有去对他好，就像从没爱过、从没受过伤一样。

与 其 给 我 誓 言 ，
不 如 陪 我 消 遣

双子座喜欢活在当下，一个人的时候也可以过得五彩缤纷，有了另一半以后也不喜欢去承诺什么，但不要因为这样就认为他们不靠谱。

不承诺不是因为双子座不愿意给对方一个未来，而是对自己都不能确定的事双子座不愿意去随便说，他会为你做到的就直接做了，在双子看来，承诺太轻，也太虚。

总有一天我会从你身边默默地走开，
不带任何声响，
我错过了很多，我总是一个人难过；
总有一天这些都会面目全非，
时光没有教会我任何东西，
却教会了我不要轻易去相信承诺。

别相信一时的情话，时间会让一切说真话；别沉迷短暂的温柔，岁月会让所有都显露。

当初信誓旦旦牵了谁的手，现在又殷勤地陪在谁的左右；开始热情似火燃烧了谁的心，最后又无情如水凉透了谁的心。

你要记住，情深不需要诺言，岁月会拆穿谎言。

轻易说出来的承诺，犹如年少的心智。许下原以为可以实现并且长久的诺言，只是你并不知道他会做不到。时光荏苒，诺言早已遗忘，风一吹就散了。

其实，真正爱一个人，不是说了多少爱他的话，而是做了多少爱他的事；真正守一份情，不是誓言有多动听，而是陪伴有多深情。

长久的感情，也许无声，但一定真诚；平凡的守候，尽管简单，但绝对永恒。

不论是生活，还是感情，很多场合都很容易出现诺言。你和所有人一样，也都曾许下过诺言，也曾听过别人为自己许下的诺言。

但是，好多诺言在时光的风中消散，等到时过境迁时才发现，原来诺言不是用来兑现的，而是用来忘记的。

不要苛求诺言都能兑现成真。你只需知道，对方说出口的那一刻，内心是真的就好。

相信诺言的好处是，你总是活在希望之中；相信诺言的坏处是，当该来的不能来，你比不信的人更绝望。

其实，信也好，不信也罢，你要的不是一个结果，而是一颗心。

天涯海角，是诺言空间的尽头；海枯石烂，是诺言时间的尽头。所谓诺言，就是把话说到很远很远的地方。远到，去不了，回不来。

这样做的意义是，人在现实中无法实现的辽阔，可以在诺言的辽远中抵达。

当然了，最好的诺言，是依约盛装莅临。而最迷人的诺言，是不管有没有结果，却能让一个人一辈子满心欢喜地等在路上。

但是你也要明白，轻易许诺的人往往也是内心虚弱的人。因为，只有在炮制的诺言里，他才可以显示出自己的力量、耐心和真诚。而那些身心强大的人，有时候一句话也不必说，却比诺言更让人觉得安妥和可靠。

你会发现，任何在语言上的节制，都要胜于泛滥。一诺千金，本质上就是这样的意思。

人生的肝肠寸断，源于世事的九曲回肠。你被诺言伤害过，从此，不再承诺，也不再相信承诺。但是，你不能因此去恨诺言。应该在诺言梦幻的光里，回溯到那一刻人性和人心的挚诚。

有些诺言，之所以不能信了，变了的，除了对方的心，或许，还有时光，以及你永远不能客观的眼光。

你要明白，诺言的真永远都不会消散。散了的，只会是彼此的温暖和依赖。

真正在乎你、爱惜你的人是不必用诺言来拴住你的。

他若真爱你，你可以是任何一种类型，可以任性，可以不温柔，可以无理取闹；他若爱你不够，你才需要完美，才需要服从，才需要温柔体贴，才需要委曲求全。

时光太瘦，指缝太宽。好多承诺被时间冲洗，被自己遗忘，被现实刁难。

但真正的感情不一定非要诺言或协议。它只需要两个人：一个能够信任的人，与一个愿意理解的人。

所以，当你遇上了那个真正你爱的人，与其给他诺言，不如陪他消遣——用你的真心、信任和耐心。

到后来，你会慢慢明白，最好的爱情其实就是感冒时的那杯热水，是洗好晒干的衣被，是鸡毛蒜皮的争吵，是生气后还能拥抱……

当浪漫褪色、浓情渐淡，日复一日的平淡时光何尝不是长情的告白？

请珍惜那个来了之后就再也没走的人，愿年迈蹒跚时阳光和爱仍在。

第二辑

**爱就疯狂，
不爱就坚强**

双子座是贪新厌旧的惯犯，但双子座也是在爱情里最强烈给予的一个。

在感情的长河中，双子就像是一只小船，随风飘飘荡荡，看似毫无目的地前进或后退，其实他们心里一直都有着想要安定下来的欲望，只是还没有找到那个可以停靠的港湾。

只要找到了属于自己的温暖，双子就会全身心地投入，并且坚信：爱情里没有谁对谁错，只有谁不懂得珍惜谁。

如果对方要走，双子不会拦着，甚至懒得问原因，只当是有缘无分好了。

如果你也曾
奋不顾身地爱过一个人

双子很容易对一个人产生迷恋的感觉，所以坠入情网对双子来说是家常便饭。双子开始一段恋情时不会过分计较恋人的内在条件，却很在意他们的外表。

爱情对于双子来说是一场张狂的政变。能够打动双子座的爱情，是真正要不同寻常、轰轰烈烈的模式。对方不一定要门当户对，只要志趣相投、颜值出色就好。

双子看似花心，其实很深情，能让双子奋不顾身的从来都是爱情，绝对不是十年后的平静如水的婚姻。

　　在某个睡眼惺忪的清晨，你依旧习惯地听着他喜欢的歌；偶尔路过一家熟悉的咖啡店，总是一而再地记起那是你和他曾经最爱去的地方。

　　你突然发现，那个在时间的洪流里走散的人，并没有消失，只是再也没遇到。

　　可是你依然感激他，因为是他成全了你近乎偏执的爱情，他是你曾爱得奋不顾身的那个人。

　　你曾如此庆幸，庆幸自己能够遇见这样一个人。于是那个矜持、害羞的你表现出难得的认真，那个谨慎胆怯的你再也不愿想太多，而只想去奋不顾身地爱。

　　也许，所谓的天意就是，老天赋予了你在爱情里所扮演的角色，无论哭，还是笑，无论酸甜苦辣，你都得演完这场戏。

　　最后，你才惊觉：原来每段青春，都是一截奋不顾身的蜡烛，只管纵情地燃烧，不去顾忌悔恨的潮水是否已没及脚踝。

也许只是因为在人群中，他多看了你一眼，也许是因为"阳光下他的笑很温暖"，或者是"他拿笔的时候手指特别好看"，又或者是"我喜欢排球，他很会打排球"。年轻时的爱情，没有那么多理由，简单而固执。

　　学校周边的小饭馆比高级饭店还好吃，一束芦苇花比花店里琳琅满目的鲜花还漂亮，一个叫自己出来看星星的电话都能让你高兴好多天。

　　很多人的青春都有过孤注一掷的勇气，都发过隔山跨海的誓言。只怪那时的臂膀太单薄，承担不起太过苍白的后果。

　　那时候是多么美好的年纪，整个世界都是那么简单。你和他什么都没有经历过，所以再小的事情都可以让你们在心里把所有的情绪都经历一遍。

　　那时候的你，觉得爱了就是爱了，所以每一次都奋不顾身，即使最后摔得头破血流也在所不惜。

　　你义无反顾地爱着，只有你知道：每一个奋不顾身都有难以言说的执念，就像每一个为爱放手的人都有一道无法触碰的伤口。

　　当你回望青春的来时路，风景依旧，却寻不到踪迹，小心拾起零碎的记忆，捧在手心生疼。滑落指间的时光，你学会了用笑容祭奠。

生活给了你际遇去经历，等到失去后你才懂得：因为奋不顾身地爱过，刻骨铭心地痛过，所以这段时光才叫青春。

不论结局如何，不论过程何其艰难，不论回忆何等苦涩，你都要学会原谅自己，放过自己。如果离别只教会了你仇恨，那么你就没有一天能够安宁。

你要试着跟自己和解。你会慢慢喜欢那时奋不顾身的自己，那个爱得勇敢，恨得决绝的自己，那个有过痴狂，也有勇气的自己。

那时候，有最美的雪天，有最好的星光，那些美好和光亮，足以点亮你的一生。至于别的，就用时间去烧了它们，用作余生去取暖。

也许，你曾经人生梦想里的那个主角，最终会成为你生命中的匆匆过客；也许，你的有缘人，就在你举眉可见的地方，恍然一视，似曾相识的欣喜重逢。

如今想来，缘分的长度和情感的厚度，永远要以时间来度量。真心可见，日月同行，那些走散的，想来也并不是属于你的，只是水流风歌的悠悠途径罢了。

唯有陪到最后的，才是值得你珍惜的，才是你生命中的良人。

生命中的每一个阶段，你都会遇见一个给予你独特幸福的人，那个人带给了你光热，带给了你温暖，教会了你成长，也教会了你爱恨情仇。

你要知道，也许未来的某一天，这个人会默默离开，但无碍，只要曾经拥有过，此刻拥有着，管他离开时是刮风还是下雨，有过一段铭心刻骨的回忆，就已经足够。

是啊，再怎么锥心刺骨的爱与疼痛都会过去的。

就让那些不懂得珍惜你的人慢慢地远去吧，就让那些刻骨铭心的回忆慢慢地消失吧。不必说话，也不必刻意保持沉默，因为总会有一天，你的心沉静得像海，不轻易澎湃，直到对的人来。

到那时，愿你依然敢爱，像不曾受过伤一样。

爱 就 疯 狂 ，
不 爱 就 坚 强

有人说双子花心，其实那只是他忠于自己的感情。
只要还爱，就不会分手，分手了必然就是不爱了。

双子座一旦坠入爱河，就变成了根正苗红的第十三
个星座。平日里笑神经紊乱、神经大条的他，在你
面前立刻变成了无微不至的老好人。

双子座还会表现出敏感、痴情、占有欲强烈等特
点，那是你不曾见过的真性情，请用心感受。

年轻的时候，
我疯狂地喜欢"带我走"这三个字。
现在，我再也不会任性地让任何人带我走了。
因为我学会了自己走。

青春就是疯狂地奔跑，然后华丽地跌倒。爱，就疯狂，两个人撑起所有梦想；不爱，就坚强，一个人扛起所有的伤。

不是因为够坚强，就不需要安慰，而是因为缺少了安慰，才不得不坚强，更是因为经历了辜负和失望，你会发现自己比想象中更坚强。

爱，就牵手走，再难也不回头；不爱，就放生，放自己一条生路。

如果你曾疯狂地爱过一个人，那么你就该懂得，终止一条道路的最好方式，就是走完它；终止一份感情的最好方式，就是全身心地爱过，然后告别。

不管你爱过多少人，不管你爱得多么痛苦或是快乐，最后你不是学会了怎样恋爱，而是学会了怎样去爱自己。

你和他，因为爱过，所以不会做敌人；因为伤过，所以不会做朋友；所以你和后来的他只能是做两个最熟悉的陌生人。

在爱着的时候，就疯狂去爱吧，奋不顾身地付出，不辜负这一场相逢；在不爱的时候，就勇敢地放弃吧，然后再勇敢地重新开始。

当一个人不再爱你的时候，你的爱，你的人，就都会显得廉价许多。你处在了下风，那么你就会感受到他的搪塞和不在乎，这时候，千万不要替他找几个不是很高明的理由来哄自己，请不要再抱期待了，更不要骗自己。

当他不再爱你的时候，请不要在他面前流眼泪。不要在生病的时候告诉他，他是无法给予你照顾和关心的。

别放弃本来属于你的骄傲，你要记得，只有爱自己的人，才会真正地去疼惜你，而不是给予旁观者的同情和怜悯。

当一个人不再爱你的时候，请不要失去自己的自信。因为爱一个人，并非他是优秀的，而只是一种感觉，他让你有这样的感觉，于是你爱他。

同样，他不爱你，并非你不优秀。优秀，不是爱的理由，看看还有那么多爱自己的人，淡淡地微笑一下，也是一样的甜美。

当一个人不再爱你的时候，也一定要祝福他。有了爱，便不该有恨，爱是美好的，恨却丑陋。何必让生命中最美好的东西化作丑恶呢？

也不要觉得不公平，他失去的是一个爱他的人，而你失去了一个不爱你的人，却得到了一个重新生活，重新去爱的机会。

当他不再爱你的时候，请你深深呼吸一下。要知道一生的道路，铺满了爱的鲜花。总有那么一朵是属于你的。这不是在安慰你，而是，这是生生世世早已注定的，只要你相信。

当你疯狂地想念一个人的时候，当你鼓起勇气想听他的声音的时候，也许老天是在用另一种方式告诉你，停下来，好好爱自己。

你要知道，人生是一场相逢，人生又是一场遗忘，最终我们都会成为岁月路上安详而平静的风景。

在 我 的 思 念 和 眷 恋 中，
你 从 未 缺 席 过

双子座天生缺乏安全感，一生都在寻找安全感。

双子座对安稳感情有着很深刻的眷恋，当一段感情没有办法再走下去时，他们心里会很难过。

失恋之后，他们最爱干的事情就是对着过去两人一起用过的东西发呆，去到两人曾经一起去过的地方也会伤神。饭不吃觉不睡是正常的，生活乱成一团也在情理之中。

走过那条路，来到这条街，
刹那间仿佛你还在我的身边，
你留下的思念，却让我一人还在怀念，
时间带走了我的青春，却依旧没将你带离我的脑海。

时间也许能改变一切，也许会冲淡一切，但却改变不了你对一个人的想念！

因为在这个世界上，总会有一个人，即便是给你一包砒霜，你也会当作蜜糖一样吞下去的。

你看，你爱起来的时候，那么用力，可到了不能爱的时候，你的想念还是停不下来。

为什么小说里的人物坚强又洒脱？因为作者常常大笔一挥，白驹过隙，翻一页，起新章，他们就千帆过尽，往事随风。

而你的每个夜晚却要自己慢慢熬，上帝在一分钟里给你十个机会软弱，怎么都等不到那一句"许多年以后"。

在生活中走失的那个人的所言所行，好像全都能闪烁着光芒，太过刺目，于是你用力地闭上双眼，但内心还是无法停止对他的憧憬。

想念一个人的滋味，怎么也无法说得清楚，那心房里就像长满了衰草，即使是微风轻微地拂过，也能引起哗哗的颤响，脑海里回荡着的全是他的名字，全是他的声音，全是他的笑语，全是他所有的一切。

想念一个人的滋味，虽然手机还是拿在手里，却还是颓然地放下，一遍又一遍地拨着那几个熟透于心的数字。而当电话响起时，总是会心慌意乱兴奋得不知所措，在看见来电显示时不是熟悉名字的失落与沮丧。

想念一个人的滋味，总是呆坐在电脑前，对着屏幕发呆，屏幕上的及身边现实的世界都已经消失不见了，脑海里却一遍遍反复地想着，此时此刻的他。

在想象着他在哪里？在干什么？是不是也体会到了这份思念？是不是一样也会心有灵犀而心神不安？

想念一个人的滋味，是放下自己所有的矜

持，听风起舞，让它飘向那个人，带着你的心里话飞向他；是看见天空中飞翔的鸟儿，便希望自己也能够插上翅膀，飞到他的身边。

想念一个人的滋味，是抛开对任何事物的感念，一心一意地只是在心里念着。如果能想到他的一个凝眸、一个微笑、一声温柔的低语，便足以让你对所有的付出都觉得无怨无悔。

在和他别离之后的很多的日子里，你喜欢上了伤感。一个人独坐，聆听季节轮回中细碎的声响，看窗外花开时的嫣然和叶落时的飘零，在晨钟暮鼓的更替中倾听岁月细微的心声。

亲爱的，你要知道，太在乎一个人，心情常被左右；放不下一个已经不属于你的人，时光都被你辜负，剩下的只有心痛。

如果一个人因为另一个人的离开而自我纠缠，而伤心绝望，甚至是自寻短见，那么只有一个原因，就是除了他以外，这个人一无所有。

你要知道，拥有得越多的人，越舍不得死；一无所有的人，才会觉得活着没意思。

你要知道，他不爱你，再过一万年之后也不会爱你，你为什么还要为他痴迷，为他流泪？醒醒吧！

你很早就该知道，成长的路终究要自己一个人走，每一次拿着行李站在人来人往、车辆川流不息的路旁，面对未知的挑战，未知的人生，选择最终要自己决定。

你知道，你的心必须要坚定和坚强，因为除此之外，你别无选择。

当一场遇见注定了要通往结束，如果你还是想着一个注定会形同陌路的人，那就趁早赶紧见他一面，这样许多东西都可以重新确认。

这样，当你放弃的时候才会心甘情愿。

当你失去一个你爱的人，如果能迎来一个能读懂你的人，你就是幸运的。

失去一段感情，你感觉心痛，当你心痛过后，你才会发现，你失去的只是你心中的依赖，当你学会孤独的坚强，一切又会再次美好起来。

我 在 你 的 世 界 里
下 落 不 明

双子座的性格乐观，对于分分合合，他的自愈能力
很强，一场恋爱的结束或许是可悲的，但是他就会
把这所有的经历当作是人生中的一个故事，演绎完
毕了，自然就要离场。

正是因为这样的思想，双子总能很快地从"曾经"
中抽身出来。至少看起来是这样的。

双子爱上了，就再也不愿意放弃了，双子在乎了，
就再也舍不得离开了。对爱情，坚贞忠诚，对爱
人，倾其所有。

失去某人，
最糟糕的莫过于，
他近在身旁，却犹如远在天边。

你曾爱过一个人，在那段岁月里，他就是你漆黑世界里的一束光，他站在哪里，哪里就是方向。

你曾怨过一个人，分开的那一天，你失去的不仅是爱人，还有那漫长岁月里唯一的梦想。

残酷吗？当然残酷。公平吗？当然不公平。什么时候感情是公平的了？它只有值不值得，从来没有所谓的公不公平，如果你要用公平去衡量一份付出、一份感情的话，那你从一开始就输得一败涂地。

承认吧，其实你早就知道那是不公平的，只是因为你对一个人念念不忘，所以另一个人想走近你都没有机会。日久生情自然虽是最靠谱的剧本，然而人的本性却始终在追逐一见钟情。

年轻的时候，你总是觉得爱情很简单，就是两个相爱的人在一起。长大之后才发现，爱情并没有想象中那么简单。

当初以为只要能苦尽甘来，只要最后他还在你身边，什么困难都不是事。可后来才发现，时光匆匆，经不住似水流年。兜兜转转了几年，彼此也许经历过不同的人，不管当初因为什么分手，气过、痛过，也恨过，但心底最放不下的，还是那个人。

有些事情是不可以勉强的。恋爱是双程路，单恋也该有一条底线，到了底线，就是退出的时候。

这条路行不通，你该想想另一条路，而不是在路口徘徊。这里不留人，自有留人处。

没有谁要记住谁一辈子，走过了，就该原谅，该遗忘。

任何故事，有开始，就有结局。如果结局是一个并不完美的句号，那么就悄悄地转身，走向下一个方向。优雅地离开，是面对生活的淡然态度，也是一种人生智慧。

人生曲折漫长，生活总会让我们经历更多的人和事。爱的，不爱的，一切都在告别中。离开的时候，挥一挥衣袖，不带走一片云彩。

在爱情的世界里，有一些幸福的人，也同样有一些痛苦的人，时间往往将两个熟悉的陌生人，分成此岸和彼岸。

一个人离你而去后，世界依然是安静的样子，而你的心，却再也回不到最初的安静。

于是你终于明白，很多人不需要再见，因为只是路过而已，所以遗忘就是你们给彼此最好的纪念。

多情是一个人最大的优点，也是一个人最大的缺点，有些伤、有些痛其实一直在，只是不去刻意想起。

你也曾假设，假设你们从未遇到，可是在夜色里独自忧伤的又是谁？

原来以为，有些事情错过了，还可以重来，但越长大越发现，更多的事情是，一旦错过，便成了永远的遗憾。

可是即便如此，你也不必遗憾，因为每一个人都有青春，每一个青春都有一个故事，每个故事都有一个遗憾，每个遗憾都有它的青春美。

　　年少时的你我因没有学好爱情这门功课而交出了错误百出的答卷，温柔地相爱过，也暴烈地相恨过；甜蜜地幸福过，也痛苦地伤害过。

　　纷繁复杂的聚散离合后，曾经爱过的人，最终成了熟悉的陌生人。当我们各自行走在人生路上，在渐渐的成长中终于明白：年少时我们真的不懂爱情。

　　为美丽而驻足，为哲思而感悟，为友善而感动。沉下心来去品味，静下心来去怡情，做每一次经历的主人，把握每一次过程的真谛。

　　日暮时分，垂暮之年，当我们坐在摇椅上回首往事时，希望我们可以为从前的每一个认真而自豪，每一次真诚而感动。

他喜欢高山流水，
你喜欢假面舞会

双子座自我感觉良好，调节能力也很出色，给人古灵精怪的印象。

双子座喜欢惊喜，也愿意给别人制造惊喜，别看看似什么都不放在心上，实际上对在乎的人非常有耐心。他一般不喜欢给别人惹麻烦，但一有麻烦就绝对是大麻烦。

双子座爱上一个人的时候很执着，别人都说不合适。但双子一定要去尝试，哪怕双子已经看到对方的很多缺点，但还是不自觉地去容忍，只要对方是爱自己的，双子什么困难都可以战胜。

我做过最好的事就是遇见你，
但从此以后，
你和你的声色犬马，我和我的各安天涯。

当一场感情到了散场的时候，你只需站起来，鞠躬，然后选择退场。你不必纠缠，也没有埋怨，只是略带遗憾地感慨：那么好的一个人，怎么就不是对的那个？

可青春就是如此"荒唐"，却又如此合理。你要知道，无论你遇见谁，他都是你生命里该出现的人，绝非偶然，他一定会教会你一些什么。

所以，你只需要坦然地走下去。无论你走到哪里，那都是你该去的地方，经历一些你该经历的事，遇见你该遇见的人。

当初，你遇见了一个温暖的人，爱笑，干净，说话温柔，为人也可靠。因为动心，经过了解，你和他恋爱了，爱得也很轻松愉快，于是你自以为遇到了对的那个人。

再后来，无名的火气，不痛不痒的摩擦，你们终究还是有了和别人一样的结局：他认真地说了对不起，你礼貌地回了没关系。

但即便是痛彻心扉的失恋，你还是很勇敢，自始至终都未在外人面前失态过。

关于这场飞花般浪漫温馨，同时又急促短暂的爱恋，你们满怀感激，同时又彼此祝福。只是因为你们明白你们并不合适：他喜欢高山流水，而你喜欢假面舞会。

于是你终于明白，经不起的，不怪时间；经得起的，也无关时间长短。爱的，不爱的，一直都在告别中。

你要知道，你还很年轻，没必要刻意遇见谁，也不急于拥有谁，更不勉强留住谁。一切顺其自然，最好的自己留给最后的那个对的人。

青春何其短暂，哪有那么多的时间用来恨一个人？既然不对，何必死磕？适时收手，最是恰当。丢了感情，不能再丢了尊严与姿态。

失恋了，你可以一个人在被窝里哭，可以在房间角落里失眠伤心，但是当次日太阳升起的时候，你依然要会微笑着面对生活。

时间久了，你可能会想，也许自己并没有想象中那么爱他，爱上的无非是当时那个感动了自己的自己而已。

在成长的过程中，在与爱情狭路相逢的独木桥上，故意收起真性情去迎合一个人，你做不到。

因为你知道，倘若因此改变自己，必定失去的大于得到的，于是，你从头至尾都不做戏。

因为你知道，倘若总要委屈自己处处讨好，才能塑造、才能得到，那还不如放手显得更加从容。

不爱就是不爱了，又何必伤筋动骨地反复追问为什么？即使问了，答案也依然是伤心的回应，何必再在伤口上撒把盐？但有人问起的时候，依然会笑着说："他是一个好人。"

是的，只有真正的好人才会让你伤心，坏人充其量只能让你反胃罢了。

你要知道，真正能将你摔痛的，必定是曾经把你捧上幸福云端的人，而种种伤痛都是由落差造成的。

万物生长，有花开，就有花落；人聚人散，有相逢，就有散场。离开的时候，给自己留一份淡然和优雅，留一份轻松和自在。

　　缘来缘去，本如落花随流水，是最自然的事；离开时，不必纠缠，也无须剪不断理还乱，悄然离开，除了祝福，不带走一片云彩。

　　人生的种种际遇如同漫长路途中的一个个驿站，总会经历一些停歇，经历一次次离别。可成长就是这样，你必须马不停蹄地往前走，你必然要告别太多的人和事。直到你逐渐明白：分别、错过、遗憾，是青春里不可逃避的事。

　　原来，在对的时间遇见对的人，那是童话；在错的时间遇见对的人，这才是青春。

　　你要相信，时间会把正确的人带到你的身边，相信有一个人正走在与你相遇的路上，请你好好照顾自己，让自己变得更加优秀。

　　人生是一场盛大的遇见，你若懂得，就请珍惜。

　　愿我们都能在对的时间遇见对的人，从此不离、不弃。

就算回忆不说话，
流年也会开出花

双子为了爱情可以抛弃现有的成就去跟随爱人，因为对双子而言，人生永远有新的转弯和风景，所以他深信即使失败了自己也会再度站起来，抱着这种宽广的心，他就没有限制了。

对待感情，双子表现得很执着，明明知道是不可能，还那么奋不顾身，还会抱着幻想在等待。只有双子明白，自己从来都不曾放下。

所以，请你不要假装对双子好，他会当真的。

宁愿你每天说着嫌弃我的话，
然后待在我身边一辈子，
也不要你每天夸我，
却不知哪天会头也不回地转身离开。

你是不是也曾有过一个很文艺的想法：努力让自己变得丰富一些，伤了累了也没关系，像一本精彩的小说，让自己爱的人爱不释手。

后来，你果真遇到了这么一个人，谈了许多天浪漫的恋爱，他成了你爱不释手的那个人。也不知道是自己太爱了，还是因为他没上心，反正在吵吵闹闹之后，关于爱情的文艺想象沦落为了忧伤的悲剧。

你试着遗忘，却发现回忆在疯长。

是啊，就算记忆悄无声息，流年也会开出花来。因为当爱一个人成为习惯，他就成了你心底最柔弱的那一部分，成了你的致命伤，成了你无法躲也不想躲的牢笼。

你的心里虽然有时充满了无望和无辜，但一种叫作"爱"的感情已充斥了你的内心。

它既美好又让人感到疼痛，如果你发现自己已经开始依赖上这种感觉，那么所有的退路就全部被这种感觉封闭了。

有一种感觉总在失眠时，才承认是"思念"；有一种缘分总在梦醒后，才相信是"永恒"；有一种目光总在分手时，才看见是"眷恋"；有一种心情总在离别后，才明白是"失落"。

原来，人们伤心，不是因为爱情结束了，而是因为当一切都结束了，爱还在。

是啊，曾经那么真真切切地爱着的一个人，怎么说消失就消失了呢？

如果做不到忘记，那么就选择坚强，坚强地接受他已经走远的事实。有些爱情是失去时以泪洗面，而得到时却索然无味。你以为自己爱着某个人，其实只是不甘心和不敢承认而已。

真正的生活是没有那么多情绪的，不管笑过、哭过、激动过、浪漫过、愤怒过，到最后都是过眼云烟。爱情的至高境界，是无惊无喜，平淡到底。

失恋并不是痛苦，而是幸运。

不要在爱情结束后，把那个你曾经爱过的人到处指责，将他说得一无是处。

没必要的，既然留不住心，不如留下那份感情的纯洁度，蒙了尘，也就减损了回忆的价值。

我们就是在这些失恋、被辜负中蜕变成熟的。也许，当我们能坦然地接受事实，并真正放手的时候，我们才能真正成熟。

也许，每个人都要经历这种蜕变才能长大。所以，我们总是欠那些错过的人一个"谢谢"。谢谢那些最终也没法在一起的人，这样你才保住了青春里关于爱情的最后一点美好。

爱情不是在泥土里开出的花朵，而是泥土里的肥料，最后开出的那朵花，是你的人生。

希望你在该爱的时候绝不拖拉，在该离开的时候也很及时。也希望你总是记得对所有遇见了的人说谢谢，以及再会。

合 不 来 是 真 的，
分 不 开 是 假 的

双子座是一个永远都在追求新鲜感的星座，所以他们很不喜欢一成不变的状态。

在面对爱情时，双子喜欢追求新鲜感。如果说多情的天秤是见一个爱一个，哪一个都是真爱，那么双子就是见一个爱一个，哪一个好像又都不爱。

有时候你把什么放下了，不是因为突然就舍得了，
而是因为期限到了，任性够了，足够坚强了，
也就知道这一页该翻过去了。

你年轻时曾宣称，只爱这个人一生一世，到后来却发现，能走一段很长的路，已经很不容易。

你年轻时还以为，只要真爱一个人，就不会有不合或分离。到后来却发现，合不来是真的，分不开是假的。

感情中最令人苦不堪言又欲罢不能的就是"合不来却又分不开"。

其实合不来是真的，分不开是假的，只是你太照顾自己的感受了，所以每次当你不舍离弃的时候，都会忍不住回头，然后重蹈覆辙，然后遍体鳞伤，然后再重蹈覆辙，然后再次遍体鳞伤。

最后，在你哭得精疲力尽的那个夜晚过后，你终于甘心放弃了这场梦。

爱一个人，原来就是接受他的全部，甚至包括他的离开。到后来你会发现，接纳才是最好的温柔。

有人觉得你不够好，只是因为他不适合你。好不好，是一件相对而言的事情。

　　你身上一定有优点，问题是，有谁会发现，有谁会欣赏，有谁真的需要。

　　所以啊，相爱说到底，就是合适不合适的问题。能读懂你的人，才真正的适合你。最好的爱人，是可以包容你、欣赏你和懂你。

　　爱情，不知道会在哪一天悄悄来到你身边，你珍惜它、爱护它，却忽略了你们是不是在爱情路上走对了。

　　人们在被爱情伤到之后，总是责备这都是爱情惹的祸，却没有人反思自己是否真的爱了，爱对了。

　　成长和爱情往往不在一条轨道上，最后能令你愉快成长的，不是因为爱情，而是因为适合。

　　无论你们是爱过，还是就这样错过，你都要学会感谢。

　　因为遇见他，你才知道思念一个人的滋味；因为遇见他，你才知道感情真的不能勉强；因为遇见他，你才知道心跳和心动是什么感觉；因为遇见他，你才知道你也能拥有美丽的记忆。所以，无论结局如何，你都要学会用心去宽恕他的狠心，用心去铭记他的好。

爱一个人最好的方式，是经营好自己，给对方一个优质的爱人。不是拼命对一个人好，那人就会拼命爱你。

俗世的感情难免有现实的一面：你有价值，你的付出才有人重视。

美丑当然是选择恋人的必要条件，但美丽是相对而言的。一个真正喜欢你的人，就是会喜欢你的全部样子。哪怕是你没那么好看，他也始终会觉得你很美丽。

审美更像是一种情绪，情绪到位了，一切就都到位了。

爱你的人，就是到老都会爱。爱上了你，他就是你一辈子的粉丝。

当一个人真正投入爱情，他一定会变成笨蛋。因为爱情的悸动和占有欲，会焚烧人内心所有理智，令人变成笨蛋。而这恰恰是恋爱最好的地方。

如果你发现爱人在恋爱时一直表现得很理智很聪明，就要小心了。有技巧地爱上你，其实就意味着不够爱。完全的爱，是傻傻的爱。

爱情是两个人共同完成的事情，不要因为自己爱上对方了，就失去了判断的能力。

明明对方不爱自己，却错把对方对自己朋友式的关心当成是爱自己，并一厢情愿地倾注大量的感情给对方。这样做，只会把对方吓跑，同时也伤害了自己。

爱可以是一瞬间的事情，也可以是一辈子的事情。每个人都可以在不同的时间爱上不同的人，不是谁离开了谁就无法生活，遗忘让我们坚强。

愿你在漫天风雪的回忆里披荆斩棘，然后一往无前地走在敢爱敢恨的青春之路上。

愿你一生努力，一生被爱，想要的都拥有，得不到的都释怀。

第三辑

我爱自己，没有情敌

在某些人眼里，双子座高冷，难相处，且捉摸不定；在另一些人眼里，双子座呆萌，热心肠。

双子始终在寻找能够认可他们、理解他们、包容他们的人。可是经过了一段时间的寻寻觅觅之后，双子不得不面对这样一个事实：能懂他们的只有他们自己。

双子座并非难以沟通，而是他们的积极沟通很难换来积极的回应。他们的小聪明总是被人当作奸诈狡猾，这也是万般无奈的事。

不必介意孤独，
它比爱舒服

两个完全不同的灵魂，却占据着一个身体，这就是双子座的悲哀。

双子属于典型的分裂型人格，所以很少有人能懂得双子的内心，这不仅仅因为他们善变，还在于他们喜欢胡思乱想。如果你对他不好，他就会猜想你为什么对他冷淡；如果你对他好，他又觉得有压力。

双子总是喜欢和别人保持一段距离，这也注定了双子不得不拥有比其他星座更多的孤独时光。

孤独不是一个人吃饭，一个人逛街，一个人看电影，而是半夜想找人说话却找不到可以信任的人；是想哭却没有依靠的肩膀；是急切的分享却没有半点回应；是满心期待的聚会，最后只剩下电视嘈杂的声响……是你真正懂得自己的片刻。

亲爱的，你要知道，孤独都是用来成长的，寂寞或快乐都是我们美好的青春。

没有什么比青春更能强烈地感受到孤独，也没有什么比青春更能与孤独和睦共处。

可悲的是，你知道自己是孤独的，却无处可逃；可喜的是，纵然无处可逃，你也能与孤独握手言和。

原来，青春就是一头困兽，充满矛盾，还好，我们仍然有一颗纯粹到不和这个世界妥协的心。

年轻的你对未来比别人抱有更强烈的憧憬。在憧憬之余，又不满足于这种憧憬。

于是你一边憧憬着一份浪漫十足的爱情，一份知根知底的友情，一边又担心着受伤害，担心着被辜负。

当你确信自己不能爱别人的时候，你也会偶尔也同异性朋友一起学习、散步、聊天，一起去看电影，一起去走一段没有目的地的路。

然而，当他向你表示爱意时，你却马上冷却下来，你开始发现他的缺点，你开始在乎他的陋习，最后，你终于开始讨厌他了。于是，你又回到孤独的状态中。

可是一旦你是被放弃的那一个，你就会备感孤独。

你满心的委屈，凭什么有的人可以那么轻易地释怀，一句简简单单的"分开吧"，就否定了这么久以来的陪伴，唯独留自己一个人孤独地活在回忆里。于是，你跟自己较劲，较劲"怎么好好的一个人，说不爱就不爱啦？"

其实，你大可不必那么介意孤独，或许它比爱要舒服。爱也有残忍的一面，尤其是当它离去的时候。

一个人的日子有一个人的静默欢喜，把孤独的时光用来建造一座内心丰满的城，总有天使会来爱你。

有时候人就是这样，遇到再大的事，自己扛，忍忍就过去了，听到身旁人的一句安慰，竟然会瞬间崩溃，泪如雨下。

　　后来才明白，自己怕的不是冷漠，怕的是突然的温柔；怕的不是自己吃苦，怕的是身边的人为你难过；怕的不是孤独，怕的是辜负。

　　慢慢地你会发现，当你尝试过一个人走路，享受一个人的时光之后，当孤独到了内心深处，那么孤独就成了你的铠甲。

　　遇到事有人陪着会更好，但如果陪着的人不对味，一个人做也不失为一种乐趣。一个人也可以做事看电影，一个人也可以吃饭旅行，不介意孤独，因为不愿意将就。

　　在人生的迷宫里，有一条路，在走出很远之后，依然能引领我回到最初相遇的地方。

　　愿你青春里结下的友情或爱情，都能在静好的时光里安然无恙。

　　年龄越大，对友情的要求越来越高。我们

也不是喜欢孤独，没人愿意这么高傲着在渐渐往来的岁月里发霉。都因为见识了太多虚情假意，有时候就太容易看破一些真的假的朋友。

活得越来越清晰，却失去了一些糊里糊涂的快乐。

原来，孤独不代表没有朋友，不代表不会与派对里面的人热情打招呼、侃侃而谈，不代表不被人喜欢，也不代表不受欢迎，你也还是会有满满的行程表，有一大群的朋友。但间歇性的，你总是想一个人待着。

生命本就是一场孤独的旅行，即使有人相伴，终究会各奔东西。

你要知道，每一个优秀的人，都会经历一段沉默的时光，那一段时光，是付出了很多努力，忍受着孤独和寂寞，不抱怨不倾诉，度过一段日后说起，连自己都能被感动的日子，这就是成长的代价。

世界的真相就是这样，孤独让你强大，让你成为一个更好的人。

愿你比别人更不怕一个人独处，愿日后想起时你会被自己感动。

about,幸运

数字：5 14 23 32

颜色：黄色 橙色

星期：星期二

珠宝：黄水晶

花卉：羊齿蕨 仙人掌 紫玫瑰

理想旅居国及地区：

俄罗斯 比利时 希 腊
北 非 撒丁岛 英 国

物品：三角形状物品

我 爱 自 己 ， 没 有 情 敌

双子分裂到了什么程度呢？就是一百个人眼中会有一百个双子座，因为就连他自己都在好奇下一秒的自己是什么样。他总是出乎意料，叫人防不胜防。

双子的自恋到了什么程度呢？就是假如世界上有另外一个他自己，他们肯定会毫不犹豫地选择在一起。

要不是因为我在乎你，
我才不会因为你一句话就想东想西、不堪一击。
我又不傻，又不是不知道要爱自己。

很多人问，到底是该选爱自己的人，还是自己爱的人？

其实答案很简单：你强大，你就选你爱的人；你不够强大，那就选爱你的人。

但是，不论你爱过多少人，又被多少人爱过，无论是好是坏都是值得纪念的。因为他们能让你成长，让你更好地学会如何爱自己。

当你决定放弃了的事，就请放弃得干干净净。当你决定了再也不去见的人，就真的不要见面了。请不要让你自己再做背叛自己的事了，更不要做那些超出自己能力范畴的事。

如果想要爱别人，就请先好好爱自己。

如果你是单身，那就好好爱自己。你要好好学习，好好生活，会有你的幸运和幸福。

如果你不幸失恋，那就好好爱自己。少一点伤心，多一分成熟。把已经失去的那一份爱拿来照顾自己，生活依然阳光灿烂。

你要记住，什么事情都是在变化的，所以，昨天的大雨都不重要了，昨天的争吵都不重要了。太阳依旧会出来，月亮依旧会圆缺。

没人能预知下一瞬间的事，所以不必坚持，更不必那么固执，顺其自然，船到桥头自然直。就像下雨就打伞，冷就盖被子，开心就笑，难过就哭。

你要明白，最简单的成长之道是：他不爱你，你就自己爱自己。

如果你已有了爱的人，那就好好爱自己。恋人很重要，自己也不可怠慢，不要在爱中迷失自我，也不要在爱中忽视对方。

如果你们正处于异地恋，那就好好爱自己。每一次的分离都是为了更好地相遇，爱自己，是为了此后和对方更完美地搭配。

亲爱的自己，从今天起，让自己平平淡淡地活着，学着爱自己，你是独一无二的，做个最真实、最快乐、最阳光的自己。

不要太在意一些人，别太在乎一些事，顺其自然，用最佳心态面对一切，因为世界就是这样，往往在在乎的事物面前，我们会显得没有价值。

亲爱的自己，永远不要为难自己，比如不睡觉、不吃饭、难过、自责，这些都是傻瓜做的事。

如果不开心了，就找个角落或者在被子里哭一晚，然后一切重新再来，你不需要任何人的同情可怜，从零开始，一样可以开心生活。

亲爱的自己，这个世界，只有回不去的，没有什么是过不去的。好好对待陪在你身边的那些人，因为爱情、友情都是一辈子的事。

别人对你好，你要加倍对别人好，别人对你不好，你还是应该对别人好，那样才说明你足够好。

　　你还要相信自己的直觉，不要随随便便招惹别人，也不要让别人随随便便走进你的世界招惹你。

　　亲爱的自己，不管现实有多么惨不忍睹，你都要持之以恒地相信，这只是黎明前短暂的黑暗而已。

　　不要抓住过去的回忆不放，断了线的风筝，只能让它飞，放过它，更是放过自己。

　　你要记住，全世界就一个独一无二的你，就算没有人懂得欣赏你，也一定要好好爱自己。

　　年轻时候最舒服的状态应该是：仍会被一件漂亮的衣服哄得很开心，仍会因为吃到可口的美食而一扫阴霾，也会因为看了一部好电影、听了一首好歌原谅整个世界；不大惊小怪，却仍会为每一种细碎的美好感动，而这一切，源于你能做最快乐、真实的自己。

　　愿我们，都有能力爱自己，有余力爱别人。

不 愿 意 失 去 ，
就 必 须 挽 留

双子在很多的时候，对感情都没有做太多的付出，
所以会让人觉得双子不会去做挽留。

双子是个双面性格的人，表面不紧张，不代表内心
不在乎。

在感情上，双子的内心里一定有过很多的挣扎。请
你记住，双子珍惜一个人的表现，就是慌张得语无
伦次。

你在人潮里不知所措，
我却跟在你身后，
伸手怕犯错，缩手怕错过。

一生总有这样的时候：最想流泪的事发生时，死撑着不肯落一滴眼泪；最想挽留的人离开时，咬紧牙关不肯说一句挽留。

那时候，心里无数次叫嚷着想投降，脸上却伪装出一副毫不在乎的样子。那一刻，也许你觉得自己好坚强，可青春就在疼痛的坚强中一天天消耗光。

直到过后你才懂，因为软弱，所以逞强，于是习惯于把自尊看得比命还重要，比情还值钱。

在他的世界里，"你爱我"就意味着"你不会走"；但在你的世界里，"你爱我"就意味着"你会来找我"。

所以后来，你没有挽留，他也没有回头。

很多时候，若你不愿意失去，那就必须挽留，所谓的自尊不过是在遗憾的时候聊以劝勉自己的理由罢了。

有人关心你，是因为爱你；有人为你生气，是因为在乎你；有人对你发火，是因为不想失去你。有人在你犯规时选择沉默，那是因为他包容你；有人在你犯错时对你啰唆，那是因为他希望你变得更好。

告别了许多人后，你会慢慢明白，那些真正要走的人离开的时候连再见都懒得说，而那些不断告诉你他要离开的人，却只不过是想让你挽留。前者走得令你措手不及，后者你千万别忘了喊他别走。

如果毫不在乎，便会无动于衷；如果不在意，便会无所谓。不要把别人对你的爱，当作你伤害别人的资本。

不要等别人哭了，才知道心疼；不要等别人走远了，才想到挽留；不要等失去了，才懂得珍惜。

你要记住：很多人，一转身就是一辈子。

两个人为什么会吵架，往往不是没感情，

而是用情太深。两个人都爱得很深时，一点点矛盾都会让人受伤很重。因为太重视对方，所以放不下。

其实很可惜啊，如果不爱，分手无所谓。但有感情，还是相互谅解和容忍吧。

爱一辈子没有不吵架的，但底线是不分手，因为爱就是坚持在一起。

感情中多数的错失，是因为不坚持，不努力，不挽留，然后催眠自己说一切都是命运。

你不主动，他也不主动，然后你们的关系就慢慢消失了，你要知道，人与人之间没有谁离不开谁，只有谁不珍惜谁。于是执拗的时候，一个转身，变成了两个世界。

都说人生如棋，落子无悔。可那些板上钉钉的过去，有的却负担着沉甸甸的懊悔。像当初那句没说出口的挽留，像如今这步迈不出去的主动，都如岁月一般，无可回头。

一开始不满足，以为深爱得不到安抚。到最后才发现，原来徘徊就等于结束。

如果你们相爱，你觉得他可以依靠，千万别太放肆，也别犹豫，更不要动不动就说分手，除非你真的想清楚了并且不会回头。

感情经不起反反复复、犹犹豫豫，不是每一句"我们分手吧"，都能有人死拉住你的手不放，不是每一次结局都一样。

当然了，挽留的人必须是值得挽留的，是有心和你在一起的人。你要记住：没有哪种爱情，需要你放弃尊严作践自己，要你去受罪吃苦。

爱情或许会让你流泪，会让你嫉妒生气，但它最终是温暖的，能给你安全感。如果不是这样，那要么是爱错了人，要么是用错了方法。

与其受罪，还不如单身快乐。如果他给不了你想要的拥抱，那就先学会一个人坚强吧！

该挽留的就别假装无所谓，该放手的就别假装能挽回。

也许很多事，你放下面子说一句对不起就能化解，可对不起却不能挽留一个不爱你的人。

愿你不要以爱的名义伤害对方和自己，愿你懂得珍惜眼前人。

大字报

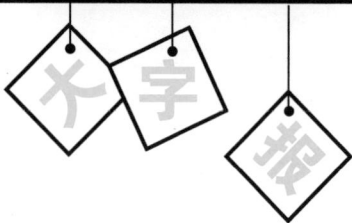

单身了想被人管着，结束单身又想一个人安静地呆着。

内心极其敏感，特别在意别人的感受。

极度分裂，分分钟开心，分分钟悲伤逆流成河，然后分分钟哄好自己。
能文能武，卖得了萌耍得了宝，你要喝酒陪你拍桌大笑，你玩文艺陪你仰望星空。

特别擅长没事给自己找事，以便让生活有趣一些，懂得生活的酸甜苦辣却依旧热爱生活。

在不喜欢的人面前风度翩翩，
在喜欢的人面前错误百出。

放弃任何人、任何事都是靠虐自己，
虐到绝处，然后站起来，甩甩头，才翻篇的。

随着内心走，由着性子来。

超级分裂，一个人能演十个角色，
能把导演、编剧、摄像、灯光、男女主角、
正派反派，一个人全都搞定。

上一秒还一副写好遗书告别世界的样子，
下一秒就笑得像个疯子。

得 不 到 的 永 远 在 骚 动 ，
被 偏 爱 的 都 有 恃 无 恐

双子的反应和口才都是一流的，难以想象双子的表白也会被拒，因为双子座的头脑堪比计算机。

如果不是有了99%的把握，双子是不会用主动告白的方式将自己逼上绝路的。但即便是这样，对于1%失败的风险，而双子也是极难接受这种令他们挫败的现实的。

在羞愧和愤怒的交集下，双子一般会出现两极分化，要么是以此为动力，变得更优秀；要么是对对方冷嘲热讽，或者自暴自弃。

我们总在冬天里想着夏天的背心跟冰淇淋，在夏天的烈日下怀念皑皑的雪和光滑的冰，你看，我们总在争取得不到的同时，把得到的丢掉。

可是命运经常和我们开玩笑，你不想要的他会硬塞给你，想要的费尽思量怎么弄也得不到。

关于青春，最好的活法是：得不到你所爱的，就爱你所得的。

年轻就该这样，上天给你什么，你就满心欢喜地迎接它。既来之，则安之。高高兴兴地享受手头上拥有的事物和感情。如果坚持认为得不到的才是最好的，分明是和自己过不去，那么快乐和幸福也必定会叛逃。聪明的人不会允许这种事情发生。

你要记住：不论这个世界多么糟糕，你自己的世界一定要精彩；不论人心多么黑暗，你的内心一定要明亮。不要用糟糕去对付糟糕，不要用黑暗去对付黑暗。

听说，世界上最美的相遇是擦肩，最美的誓言是谎言，最美的爱都在昨天，最美的思念是永不相见。可见，最美的是得不到的。

但实际上，得不到的爱情就像是身上的一道伤口，即使可以用时间让它慢慢痊愈，但留下的疤痕依然会随时提醒你曾经的遗憾。

只有当你得不到的时候，你才很容易认为那得不到的一定是最幸福的事，然而幸福本身却并非与此有关。

很多时候，对于得不到的东西，我们会一直以为他是美好的，那是因为你对他了解太少，没有时间与他相处在一起。等到有一天，你深入了解后，你会发现原不是你想象中的那么美好。

其实幸福的选择在于自己，你对自己的满意程度是多少，而不是别人对你的满意程度是多少。

被唤作深爱的，都是已离开的。只有得不到的，才被当作最好的。

什么东西都是隔着一段距离看比较美，或者该说什么东西都是得不到的时候最好。得不到时，想着得不到的好，得到后，又开始怀念失去的好。

这天底下，最不知足的就是人心。总在得不到的时候，以为自己什么都可以不介意，但得到之后，又开始什么都有点介意。

有多少人，因为得不到，所以念念不忘；因为轻易得到，所以视作过眼云烟。

其实，世间最珍贵的不是"得不到"和"已失去"，而是现在能把握的幸福。

生命是一种缘，你刻意追求的东西也许终生得不到，而你不曾期待的灿烂反而会在你的淡泊从容中不期而至。

还有一些"得不到"，不代表它不属于你，而在于你还不配拥有，这就需要你去努力，去准备。

竹子用了四年的时间，仅仅长了 3 厘米，从第五年开始，以每天 35 厘米的速度疯狂地生长，仅仅用了 6 周的时间就长到了 15 米。其实，在前面的 4 年，竹子就将根在土壤里延伸了数百平方米。

成长的过程也是如此，你不必担心此时此刻的付出得不到回报，因为这些付出都是为了扎根。

你想要得到些什么，你就得为此做足准备。每个人的青春，都需要储备。

你要记住：在"你自己"和"你想成为的自己"之间，只隔着"你怎么做"。

生命中的灿烂，人生中的辉煌，往往不期而遇。我们能做的就是尽心尽力，得到是一种幸运，得不到也是一种幸运。

因为尽心，我们总有收获，因为尽力，我们总有进步。

你看外面的世界灯火阑珊，又何必急着遇见什么"对的人"。试着和自己好好相处吧，只要一直在路上行走，孤独的日子并非没有意义。

生人面前安静，熟人面前疯癫。
谦虚低调识时务，刻苦努力**不瞎作**！

与其他 11 星座的关系

最欣赏的星座——天秤

最信任的星座——处女

最佳工作搭档星座——巨蟹

最容易被影响星座——双鱼

最易掌握的星座——处女、摩羯、白羊、巨蟹

最需注意的星座——天蝎、金牛、双鱼、狮子

100%协调星座——天秤、水瓶

90%协调星座——狮子、白羊

80%协调星座——双子

同类型星座——射手、双鱼、处女

对宫星座——射手

对宫星座是指 180 度对面的那个星座，而非指对立、对抗的
星座，更不是相克的星座；相反，是潜在有共通性、一致性
的星座，或者说是最需要对方能量补济的星座。

同一秒钟，双子的思维不能跟你统一频率。
后一秒钟，他就像灵魂出窍了一样。
他是带着隐形小披风守候在你身边的那个人。

为什么双子座值得所有人珍惜

时不时给人小惊喜，却又让人捉摸不透。

愿意用轻松的方式把不好接受的东西展现给别人。

你开心时跟你一起上天和太阳肩并肩，

你难过的时候给你讲两个小时笑话不停下。

最 好 的 告 别 ，
是 将 伤 痛 遗 忘 在 路 上

双子座在面对一份得不到的感情时，最管用的方法是最大限度地转移自己的注意力。

对双子座而言，得不到自己想要的人和事物，并不意味着世界末日的到来，还有更多新鲜、好玩的事在等着好奇心强的自己去探索。

双子座的脑海中常会出现两个交谈的人——一个悲伤，一个快乐，结局常常就是快乐的说服了悲伤的。

无论我们最后生疏到什么样子，
但曾经对你的好都是真的。

　　你在心里数落了他千万条缺点，却抵不过他看你的那一眼；你在暗夜里下定了十足的决心要离开他，却还是败给了他不痛不痒的一句挽留。

　　很多人的生命里，都有那么一个人，他会把你气得直跺脚，把你伤得想哭，把你弄得像个疯子，但只要他说句什么，你就会笑得最甜。

　　慢慢地你会明白，他给了你世界上最大的快乐，也给了你世界上最绵长无期的伤痛，而这个绵长无期的裁决者是你自己。

　　当你用尽全力、默默地对一个人好时，你给自己积攒了十足的勇气和耐心，你拼命追逐，只是为了能与在乎的人距离近一点。

　　可是你要知道，每个人都是带着使命来到人间的。无论你多么平凡普通，多么微不足道，总有一个位置是属于你的，总有一个人需要你的存在。

所以，与其在轻视你的那个人身边纠缠，不如勇敢地往前走，把那份伤痛的感情、人和事，统统地遗忘在前行的路上。

有人说你假，他又给了你多少真？有人说你变了，他多久没关心你？有人误解你，说明他根本不懂你⋯⋯

不要受了委屈就浪费眼泪，也不要明明介意，却刻意沉默，那只是你无能的愤怒。

有些人适合死磕到底，有些人就适合遗忘。谢谢他们曾那么用力地指点你的人生，你会过得很好，并与他们无关。

我们好像总是会为了感情而伤透脑筋。因为爱情，你开始变成诗人；因为友情，你变成心理学专家；又因为与恋人和朋友的不合或别离，你变得神经质和疯癫。

这样的改变让每一个自己都不像自己，让每一个自己的情绪都随着对方随意的一句话或者一个举动跌宕起伏，让每一个自己整天都处于患得患失、忧心忡忡的状态中。

亲爱的，不管是爱情还是友情，都是易碎品，一旦出现过裂缝，便很难恢复原貌；不论是谁对不起谁，那裂缝都如同两面刃，一面伤人，一面伤己。

有时，一次伤害，就是一生；一次错过，便是无法挽回。

对待人心，需要真心；对待感情，需要用心。不是谁都可以遥遥无期地为你等待，所以不要轻易伤一颗心，不要轻易忽视一个人。

你要记住，不是所有的心都伤得起，不是所有的人都可以错过。有时，一别就是一生。

许多人，你离开他，更像是种解脱。没错，的确会有痛，也有伤害。但从成长的角度来看，离开一个不对的人，离开一件纠结的事情，告别一段痛苦的回忆，对自己而言就是放自己一条生路。

因为留在这个人身边，你会受伤一辈子。离开了，只是受伤一时。所以，不要被错误的人捕获。

你不仅要找到对的人，更要学会离开错的人。此时的果决离开，也是一种正确的抉择。

未来的某一刻，你终会原谅所有伤害过你

的人。无论多么痛，多么不堪，等你活得更好的时候，你会发现，是他们让你此刻的幸福更有厚度，更弥足珍贵。

没有仇恨，只有一些云淡风轻的记忆，以及残存的美好，他们每个人都变成你人生的一个意义，在该出现的地方出现过，造就了你未来的不一样。

原来，成长之路上，重要的不是治愈，而是带着伤痛强大起来。

生命中，有些人来了又去，有些人去而复返，有些人近在咫尺，有些人远在天涯，有些人擦身而过，有些人一路同行。或许在某两条路的尽头相遇，结伴同行了一段路程，又在下一个分岔路口道别。

无论如何，终免不了曲终人散的伤感，一不小心的辜负，无法挽回的伤害……但无论如何，你都要心存感激，谢谢他们曾经的结伴同行。

有勇气让错过发生，有力气坚持向前走，愿你不再脆弱，并永远不需要再假装坚强。

允 许 自 己 难 过，
但 不 要 太 久

孩子气的双子座，在面对爱情失意之后也会有伤痛的时候。只是表面上装作没事罢了，此时的他们不仅放不下，而且还把恋爱的勇气都丢了。

双子座习惯强迫着自己往前走，其实此时还不如停下来冷静思考，为了这份散场的爱情值得颓废吗？反思过后，慢慢就能够警醒自己，真正走出伤痛的阴影，重拾信心。

你说一个人也很好，
大概是你受过爱情的伤，
心里有一个不会回来或者不可能的人。

听过最傻最心疼的一句话是："他伤了你那么多次，你怎么还没离开？""因为偶尔他也会给我敷药，喂我吃糖"。

你看，很多人都会为爱犯傻，以为什么都不会变，等你看多了那些在人生里交错的过客，也就习惯了分离和被辜负，也就不再声嘶力竭地哭，也就没了流不尽的悲伤。

什么时候开始懂事了，什么时候你也学会了习惯人潮拥挤之中的孤独，什么时候你也接受了人来人往的际遇？

原来，有些人会一直在你身边，是因为爱着你、在乎你，怕你难过。有些人会逐渐淡出你的视线，大概是因为道不同，不相为谋了。

过了一些无奈的日子，会让你变得更加坚定。你会明白，无论是当下拥有的，还是曾经相爱过的，要走的人自然会走，不会走的人会一直在。

如有谁让你难过，一定不要难过太久，因为太多时候，都是被自己编织故事困扰，只是从自己的角度看到事实的一角，只是需求没有满足的夸大，只是习惯于按自己的模式判断，远离事实真相的结果。

真相往往没有你想象的悲壮和恶劣。真相中，多有你的误解和自以为是的受伤，而真心伤人的人真不多见。

你可以哭，可以喝醉，可以失眠，也可以梦见他。每个被爱情伤过的人都这样痛苦过，但你要清楚，你要走出来，走出来才看得到，其实失去一个他，真的没什么大不了。

也不要在一件别扭的事上纠缠太久。纠缠久了，你会烦，会痛，会厌，会累，会神伤，会心碎。

实际上，到最后，你不是跟事过不去，而是跟自己过不去。无论多别扭，你都要学会抽身而退。

你若相信我，就不需要我解释；
你若不相信我，那我也没解释的必要了。

我觉得我自己独处时拥有的快乐，和两个人时一样多。

既然你没那么爱我，我就可以没那么爱你，如果有需要，我也可以不爱你，反正我最酷！

千金难买我喜欢，万金难换我乐意。

我的生活有我自己的套路，不需要你来指手画脚。

遇到难过的事情，伤心一会儿就好了，别让自己继续沉溺在悲伤之中。沉浸在悲伤的情绪时，往往会渐渐放大悲伤带来的疼痛，把痛苦放大好几倍让自己痛不欲生了才肯终止。

你就像走进了沼泽，挣扎得越厉害就陷入得越深。

你要记住，不要等着别人给你送来好心情，好心情是需要自给自足的。

那些经常面带微笑、一点儿小事就能开心半天的人并不是生活一帆风顺，他们也会遇到困难或是悲伤。但是为什么他们能够一直笑着呢？

在他们看来，比起把时间和心情花在流泪叹气上面，努力寻找快乐，让自己笑起来更加有用。毕竟泪水流得再多，也于事无补，倒不如积极地面对。

在成长的路上，任何安慰都没有自己看透来得奏效，所以别再难过了，明天还有好多路要走，好多坑要过，好多关要闯，好多照片要拍，好多书要读，好多衣服要买，好多价要砍，好多挑战要面临，好多人要相识，好多时光要细数，好多感情要错过。

如果你还是很难过，就乖乖地闭上眼睛睡个觉，明天早上起床，还是要努力。

因为有人宠着，你才会放任自己尽情脆弱；因为有份没有舍得放下的感情，你的悲伤才停不下来。你要明白，唯有变得坚韧强大，才能熬过那些难过的时刻。

当你看到熟悉的背影不再难过，闻到相同的味道不再失神，听到相同的名字不再挣扎，你就是真的强大了。

你可以允许自己难过，因为你曾真心过、努力过，但别难过太久，因为好时光本就不该被辜负。

希望你别难过太久，希望你以后也能吃很多饭，希望你不要回头看，希望你那里晴天很多，希望你每天都能睡得熟，希望你即使偶尔想念，也不要再去问候，希望你越走越远，能遇见更好的风景。

爱上是水到渠成的执迷，
放手是自知分寸的应当

像双子座这种崇尚自由的人，永远都不会明白"自由是有限度的"这句话是什么意思。

双子座这种表面花心惯了的，碰上个让自己心动的人时，反而变得很着急，这个时候，双子的双面性就爆发出来了：对这份感情极度自信，又极度不安，但双子还是会耐心地等一段时间，不过等归等，还是会自己限定一个期限，过期收心不候。

不管你信不信，
原本花心的人到最后最痴情，
原本专一的人到最后最绝情。

　　很多人的一生也许并不会只爱一个人，但是往往会有一个人让你笑得最甜，让你痛得最深，往往会有一处美丽的伤口，成为你身体上不可愈合的一部分。

　　于是你也曾固执地认为，爱就是爱，容不得一丝同情和怜悯，带不了半点强迫与委屈，所以你可以让出整个世界，但却不可以让出一寸至真至纯的爱情的原野。

　　可实际上，总会有那么一段情，是你说不要了，却在听到关于他的消息的时候，心还是狠狠地疼。

　　于是在很长一段时间里，你以为自己忘不掉这个人，你以为自己再也不能好好地爱另一个人了，你以为自己还爱着他，就像你以为他还会回来一样。

　　实际上，他爱不爱你、在不在意你，你是能感觉得到的。所以不要骗自己，更不要勉强自己。

　　你要记住，太容易失去的东西也许从来就不属于你。

爱情里，有人全情投入，就有人全身而退。它既能叫你一败涂地，也能叫你在曾经沧海后波澜不惊。

有些爱情里的不公平在于，操控好像只由一人。最尴尬的时刻，是你还追着对方讨说法的时候，别人已经云淡风轻，不屑一顾，连编一个理由的精力都不愿花费。

当你追着讨要，不管结果如何，已经一败涂地。

原来，爱情有多叫人目眩神迷，就有多销魂蚀骨。

这个时候，你要试着相信时间的魔力。就算你曾经以为很多东西会一辈子记得，慢慢地你就会发现，其实没有什么是不能忘记的。

也许某一天，你一不小心翻到了自己写的日记，上面确定地写着"今天是我永远也不会忘记的一天"。看的时候你就在拼命回想，到底是一件什么事情让当时的自己写下如此字句？

可是，搜肠刮肚，却始终了无印象。日记中的那个人或许还可隐约记得，但无论如何都想不起来我们那次到底发生了什么。

时间绝对是个神奇的魔法师，打个喷嚏就绿了山、翠了水；跳圈舞就红了花、熟了瓜。

四季轮回，寒暑更迭，而记忆的宝库又恰如硬盘，不同的是，时时存储，也需要你常常删除。

　　任何事情，拿起都是容易的，可放下才是一种真正的成长。

　　爱的时候，承诺很容易说出口，生死相许乃至至死不渝，都是那么的容易达到。可有一天忽然不爱了，才发现，原来仅仅所谓的厮守都是那么难以完成。

　　爱时，和他相处的每一个瞬间，都恨不得时光可以无限拉长，甚至永远定格；可是不爱的时候，才发觉每一秒的相处都很难熬，还惊诧从前的自己怎会那样糊涂。

　　爱的时候，你的唠叨是细心，你的调皮是可爱，你的脾气是个性；可不爱的时候，一切都成了缺点。

　　这时候，你就会明白，原来爱上是水到渠成的执迷，而放手是自知分寸的应当。

世界这么大，生命这么短，能遇见真的需要缘分，可是，能记得就需要修为了。

　　其实，在爱里的人们都没有错，分手后也不要再去计较谁是谁非，都不过是爱情的手将人的心蒙蔽了而已。

　　所以，不要轻易相信没有了谁就活不下去，也不要轻易觉得什么人或事你会永远记得。

　　有些人走了就是走了，再等也不会回来；有些人不爱了就是不爱了，再勉强也只是徒然。

　　有些人很幸福，一眨眼，就一起过了整个永远；有些人很幸运，手一牵，就一起走过了百年。

　　有些人明明很努力了，却还是什么都改变不了……

　　亲爱的，你要记住，不是一辈子的人，不说一辈子的话，不勉强，时间会教你放下。

天暗下来，你就是光

上得了厅堂，下得了厨房。能一本正经、像模像样，也能呆萌逗乐、举世无双。这就是双子座。

双子座对自我要求高，多数能够独立自理，同时，双子座没事爱抽风，易伤人，还后悔。双子座对在乎的人很好，满是柔情，对不喜欢的人和事则总是心太软、志不坚，所以常常在人走茶凉之后，总是悔不当初。

双子座似乎是自带光环，有与生俱来的乐观和自信，也有难以自控的善变和多情。

愿你如阳光，
明媚不忧伤

双子座习惯了自我疗伤，对双子座而言，如果没有信得过的人给一个肩膀依靠，那只有靠自己痊愈。

双子座的好，就在于他会好到你不想去改变他。

双子座的脾气通常都很温和，因为他们有着极强的自控能力，可以将任何情绪掩盖在外表之下。

双子座有一忍到底的本事，他不发作，其实是为了不让别人难堪。

不管什么天气，记得随时带上自己的阳光。
不管什么遭遇，记得内心装满开心的童话。

　　无论你走到哪里，无论天气多么坏，记得带上你自己的阳光。

　　生活从来不会刻意亏欠谁，它给了你一块阴影，必会在不远的地方洒下阳光。

　　心情不好就少听悲伤的歌，饿了就自己找吃的，想要什么就努力去争取……即使生活给了你百般阻挠，也没必要放大自己的不容易。

　　你要知道，现实对每个人都是一样的，改变不了的事就别太在意，留不住的人就试着学会放弃，受了伤的心就尽力自愈。

　　因为，除了生死，都是小事，别为难自己，更没必要与全世界为敌。

　　人生有好多无奈，当自己改变不了环境时，可以学着悄悄改变自己；当改变不了现实时，可以试试改变态度；当自己改变不了过去时，可以用改变现在来证明自己。

你要记住，就算你不能预知明天，但至少可以把握现在。

走过了你就会明白：往事是用来回忆的，幸福是用来感受的，伤痛是用来成长的。让心在繁华过尽依然温润如初，带上最美的笑容，且行且珍惜。

别在不幸中让仇恨的欲望占有生命，否则，你的心里永远不会平衡；当幸运降临到你头上时，也别拿自己的优越感沾沾自喜，否则，懒惰自满会在你得意忘形中滋生。

只要心里有阳光，身处逆境也不会绝望，默默吞下所有的疼痛，用倔犟的笑容打败悲伤。

心里的雨再大，也会有晴的一天。即便没有晴朗的时日，你还是可以撩开雨幕，带上你内心的太阳，去享受久违的晴朗。

生命本身其实是纯粹而干净的，而我们成长的过程中渐渐地沾染了太多的粉尘，每一个人的人生旅途中，都有许多不可避免的遭遇，或勇于面对，或仓皇逃离，全在自己的选择。

无论是强者还是弱者，只要活在这尘世里，谁也无法逃离爱恨情仇的纠结。

微笑着、忧伤着、快乐着，也疼痛着，这就是多味人生。

心里有日月，哪里都是四季常青，心里有天地，哪里都是晴天朗日。

整理一下自己的心情，忘记那些不愉快的往事，听听音乐，弹弹钢琴，看看风景，说能说的话，做个单纯的人，走幸福的路。带上微笑，和快乐一起出发吧。

阳光，不只来自太阳，也来自我们的心。

心里有阳光，能看到世界美好的一面；心里有阳光，能与有缘的人心心相印；心里有阳光，即使在有遗憾的日子，也会保留温暖与热情；心里有阳光，才能提升灵魂的韧性。

当你看到曾经欺骗过你的人、打击陷害过你的人、伤害过你的人时，你若是心跳不加速、呼吸不急促、内心不起波澜、面部平静，说明你的人生正在走向可期待的未来。

那些人在你的生活中已毫无价值，你已穿越人生的泥泞，走到了自己的开阔地。

你会发现，充满阳光的心灵，它的力量是无穷的，它可以把一朵花变成一座花园，也可以把一滴水变成清泉。

有的事情让我们很是无助，有的事情让我们很是无语，可是不管是你遇到怎样的艰难，能否挺过去，取决于对自己的信心。

换个角度看问题：毛毛虫所谓的世界末日，恰恰就是蝴蝶破茧而出的充满阳光的时刻。

你要跟自己说好，要活得真实，不管别人怎么看你，就算全世界否定你，你还是要相信自己。

你要跟自己说好，要过得快乐，无须去想是否有人在乎自己，一个人也可以很精彩。

你要跟自己说好，悲伤时可以哭得很狼狈，眼泪流干后，却要抬起头笑得很漂亮。

愿你拥有不哭泣的眼睛、阳光明媚的心和永不分离的爱人。

你那么懂事，
是不是疼你的人太少了

双子座的快乐与悲伤，交替出现的频率非常高，正如他们不愿束缚在一成不变的生活中一样，总是尽可能地让自己的生活丰富多彩一点。

沉浸在忧郁中的双子座是冷静而又理性的，而经历过伤痛之后，双子也会变得尤为懂事。

正在付出爱，或者正在忍耐伤害的时候，双子也会变得尤为善解人意，这也是其不自信的表现。

最孤独的人最亲切，
最难过的人笑得最灿烂，
这是因为他们不想让其他人遭受同样的痛苦。

你肯定经历过这样的时刻，排山倒海而来的思念侵蚀了你所有的冷静，铺天盖地而来的委屈冲垮了你所有的理智……

你多想什么都用不管，什么都不用顾忌，冲到那个人面前，说出你的委屈，说出你的爱或者恨，又或者到那个说要离开你的那个人面前，或耀武扬威，或丢盔弃甲地发一次疯。

但实际上，你只是在心里疯狂而表面冷静地想完所有的情节之后，整理了一下自己仪容仪表，再看似潇洒地重复昨天过的生活，重复着前几个小时的绝望心情。

可是亲爱的，你那么努力地伪装，谁又能治得了你的内伤？你表现得那么乖巧懂事，谁又懂得你的难过悲伤？

你的懂事在于，别人刻意回避的问题，你也尽量不去触及，彼此若无其事地看着时间流走，然后各奔东西。

你的懂事在于，你分明感觉到某段关系缺了温度和诚意，可你还是一片热心肠，再用付出来维系，以期能够延续这份早已淡漠的情谊。

是的，你比一般人都要懂事，你比一般人都显得成熟，但是谁又晓得你也会难过呢？

你也曾怀疑过自己，会不会是因为自己太懂事了，懂事到别人以为自己什么事都能一个人解决。所以他们以为你不需要人疼，最后他们越走越远。

其实，不是心疼你的人太少，而是你的"懂事"没有底线，所以你的"懂事"更像是纵容，是软弱，是自欺欺人，是无休止的忍耐。

你明明知道你需要放手却放不下，因为你还是在等待不可能的发生，这种感觉真的很难受，可是也只有你自己知道。你的耐心在一个不在乎你的人面前，是如此廉价。

无论你有多喜欢一个人，感情里的主动的一方最后总会落入被动；无论你多么在乎一件事，过分的迁就总是会换来难受。

亲爱的，你要记住，到了一定的年纪，对

感情、对人，都该有自己的底线。

有人伤害你时，你却原谅他；有人背叛你，你却想挽回；有人不爱你，你却讨好他；有人猜忌你，你却容忍他。

为什么你总受伤？因为你对坏人太好，所以他可以随意伤害你，而帮你的人却感觉不到回报。

真正的感恩，就是要对对你好的人更好，对你坏的人更坏。别人帮你，十倍帮回去；别人损你，十倍打回去。

永远不要去揣测别人的想法，一千个人有一千个想法，你也不知道今天你面对的那个人为什么开心，明天他又为什么突然愤怒，很多事情其实与你无关，关键是你自己能否活得自在快乐，不要靠揣测别人的想法活着，也不要别人的行为干扰自己。

因为，生活始终是你一个人的，开心或是悲伤，你都得自己承受。

失去一个人，从现在起不要有任何联系，如果对方主动联系你，说明心里还有你，如果没有，也就没有联系的必要了。情淡了、心变了、不爱了，即便你把心给掏出来也不过是打扰。

不要动不动就倾其所有，与其卑微到尘土里，不如留一些骄傲与疼爱给自己。

其实，有些相见，不如怀念，好久不见，不如不见。

当你有了委屈，不要那么着急地找人诉苦，倘若有人懂你，会自己过来安慰你；当你有了难题，不要那么快放弃思考就去寻求帮助，尽量自己解决。

你要警惕，当习惯变成了一种依赖，将会打破原本平静的生活。

如果有不幸和困难，你依旧要选择独自承担，因为安慰和帮助也会有捉襟见肘的时候。如果你还没有到衣不蔽体、食不果腹、举目无亲的地步，你就没有资格难过，你还有能力把快乐写得源远流长。

愿你坚强到无须被人宠、被人疼，却依然幸运到有人宠、有人疼。

可以好脾气，
但不能没脾气

做任何事，双子座总是能从自己的兴趣爱好出发，很少有功利性。双子座缺少领导能力，本身气场太弱，加上自信心不足，很多事情都不敢独立去做。

双子座性格较为单纯，虽然偶尔会缺乏行动力，但和双子交朋友是一件不错的事。

双子是很多人眼中的老好人，因为很少发脾气，且性格上相对软弱，所以不论是感情、交际还是职场，都显得很被动。

当你有幸遇到一个你在乎的人，于是你每天抱着感谢的心情，温柔地对他，温柔地看他，温柔地跟他说话……你收起了所有的脾气，你以为在乎一个人，就是没有脾气。

当你有幸碰到一个你视为知己的朋友，于是你对他有求必应，百般讨好，万般迎合……你收起了所有的坏毛病，你以为珍惜一个好朋友，就是表现得十全十美。

当你有幸得到一群人的赞许，于是你对他们的言语表现得谨小慎微，对他们的态度也是隐约地微笑……你一个人扛下了所有的困难，你以为保全一个好名声，就要多付出一些。

可是，当你经历了一些人和事的种种变迁，你就会发现，没脾气的脆弱，活该自己难过；过分妥协的软弱，必定会自食其果。

如果你过分善良，别人会觉得你是软弱，而不是大度；如果你过分宽容，别人会觉得你是怯弱，而不是慈悲。

如果你表现出来的，只是一次接着一次的妥协，那么换来的，只会是被轻视敷衍。你要记住，没底线的好脾气，就会被认定为没有脾气。

做人太过善良，会被人欺；对人太好，会变成理所应当。太过憨厚，会被人当傻瓜；太过义气，会被人利用。

没有人看得见，在你隐忍的泪水背后，有一颗包容他人的心；没有人看得到，在你强装笑脸的外表之内，隐藏着正在流血的伤口。

一颗心若真的痛了，不是委屈地号啕大哭，而是隐忍着泪在眼眶里打转，脑子一片空白，怔怔地发呆。

一个人若真的痛了，不是歇斯底里地大吵大闹，而是任凭咬破自己的嘴唇，都不言不语，傻傻地坚持。

可是好多人，非要在伤过、痛过之后才能醒悟，才能明白：眼泪流得太多，不值得；心痛忍得太多，会崩溃。

这个世界没有那么多将心比心。你善良，他便得寸进尺；你软弱，他便狠心欺骗；你正直，他便道德压榨。把深情交付与错误的人，就别责怪这个世界不温暖。

因为都是你的愚蠢才收获了伤害，所以你只需要变聪明就好了，而不是痴心妄想改变这个世界。

有些人，一生都在做老好人，他们学习认真、工作努力，但成绩一般。由于他们成长中少有主见，性格又不敢反叛，因而在成长的过程中逐渐失去了自我。

当你总是渴望用不停地妥协、让步和为对方做好事、拼命讨好别人，来换取外界对自己的认可时，当你的所有努力完全取决于别人对你的看法时，你根本就没有时间和能力去成长。

亲爱的，你要相信，你的未来只有你自己最清楚，也只有自己能够把握。

青春易逝，最要紧的是满足自己，而不是讨好他人。

你要让别人知道：好脾气的人不轻易发火，但不代表不会发火；性子淡的人只是装糊涂，但不代表没有底线。

当你变得没那么善良以后，你就会少了很多累赘的人际关系，你可以随心地拉黑那些曾经不敢拉黑的人。

当你变得没那么善良以后，你不会因顾忌和别人的"友谊"就放弃自己的话语权，你争取到了比原先更多的机会。

不能忍心的人，往往对自己最狠心。可当你学会拒绝别人，学会以牙还牙时，他们反而会尊重你，甚至敬畏你。

你慢慢会相信那句话：无情一点并没有错。

成长不仅仅是为了经历，它更像是一个故事，而你是那个讲故事的人，如果一开始就没有原则，那这个故事就会混乱，当人物出场之后，难免会七零八落，骨架撑不起来，结局怎能美好？

未来还那么长，就像这个世界温柔地等待你成长那样，愿你有勇气去面对孤独，然后在温柔的时光中不慌不忙地坚强。

我 只 是 不 愿 意 将 就

双子座会被让他捉摸不透的人所吸引，他追求神秘感，对于自己无法掌控的事很有征服欲。可一旦得到，神秘感消失，他就很容易失去原有的热情。

对于爱情，双子座常给人的印象是：既没有耐心，又没有毅力。遇到不愉快的事情，双子很容易想到分开、躲避，所以双子更在乎曾经拥有。

对待生活，双子座可以将就吃、穿、住、行，唯独不愿意将就感情。不论是友情，还是爱情，双子座都不愿意妥协太多。

你不必将就我，
我也不愿成为任何人将就的对象。

　　没有谁愿意去触碰那些自己不喜欢的身体，去回应那些自己毫无感觉的词句，去拥抱那些自己从未为之心动过的灵魂。

　　因为爱是一种放大了的自由，而与不爱的人相处却是时时刻刻的束缚。

　　如果将就，那既是害了自己，也会伤到别人。

　　很多人劝说别人的说辞就是："人生不就是这样吗？将就着过下去就行了。"

　　他们并不是只劝别人，在他们自己的生活里，也充满了将就：学习成绩一般般，将就着吧；工作不算好，将就着吧；恋情不满意，将就着吧……

　　在将就的人的生活中，往往也充满了拖延、无原则的妥协、投机、无奈、纠结，这样的生活，他们自己过着，也希望别人和自己一样。

　　可是亲爱的，青春可不是用来将就的。

有人说，18 岁被骄傲毁了，走着父母铺好的路；25 岁被不肯改变的观念毁了，干着每月固定工资的工作；30 岁被不愿拼搏被懒惰毁了，日复一日地观望着别人的成与败；40 岁如临大敌被面子毁了，嫉妒着别人的身家；50 岁追悔莫及被顾虑毁了，只能小心翼翼地活着；60 岁坐在摇椅上，一切都晚了。

所以，别以为妥协一些、将就一些、容忍一些就可以得到幸福。当你的底线放得越低，你得到的就是更低的那个结果。不是吗？

无论一件再卑微的事情，只要你用心去做，多做，多练，都可以达到炉火纯青的地步，这将会成为你的绝活。把一个简单的动作练习到出神入化的地步，这将会成为你的绝招。

不要为你的懒惰找借口，只要你肯努力，一定会有一个灿烂的人生。如果你选择将就，那么辜负的只会是你自己。

你内心的固执的追求，只要你自己看得见、记得住，就够了。

岁月很长，人海茫茫，别回头，也别将就，自然会有良人来爱你。

一辈子那么长，一定要和有趣的人在一起。关于爱情，我们总会有很多臆想。也许某天，你身边的某个人会被世俗的烟火打动，回归千篇一律的生活，恋爱、结婚、生子，冗长的一生几笔就能带过。

但是如果你想要过自己想要的生活，你就千万不要凑合。至少到现在，你还是需要相信，那个你爱的人一定会来，所以你要耐心地等。

你不愿意将就爱一个自己不爱的人，也不想成为别人将就的对象。

每个人的一生注定要辜负许多人，也被许多人辜负，但是你不能因为害怕辜负别人，就选择将就；也不能因为你痴心绝对，就勉强别人来迁就于你。

所以你要在独自成长的这段时间里，变得更加优秀，以便将来遇到那个人时，你可以信心满满地说一句："我配得上你。"

在迷茫而热烈的青春里，我们除了自己，一无所有，那为什么还要压抑身上那些对世界、对物质、对情感的真诚渴求？

为什么要选择麻痹自己的欲望，禁锢自己的热情，然后将就着混日子、混爱情、混生命？

那些原本你踮起脚、努努力就可能收入囊中的东西，全部在"将就"的理念下失之交臂，你难道就不会有一点遗憾？

不要因为冷而去抱另一个人，不要因为不懂得拒绝而去将就。

愿你坚毅勇敢，不论有没有人在乎，你都要努力做一个可爱的人。不埋怨谁，不嘲笑谁，也不羡慕谁，阳光下灿烂，风雨中奔跑，做自己的梦，走自己的路。

一 边 深 情 ， 一 边 残 忍

双子座的情绪一直处在临界点上，霸气的时候也能温柔，温柔的时候还能霸气，一会儿一抽风，就和犯病了一样。

双子座表面上每天都很开心，其实暗地里承受孤独和悲伤。他总能用智慧和超乎常人的毅力把生活过得美好，他不让别人感觉孤单。即使活得比别人累，却还在给别人带去欢乐。

有些人，明明知道爱上会受伤，偏偏要爱。

你一直都是如此：

一边深情，一边残忍；

对别人深情，对自己残忍。

你一定这样用力地爱过一个人：你对他言听计从，你对他千依百顺，你的卑微在尘埃里开出了花，又枯萎。

你一定这样执着地爱过一个人：你爱他到昏天黑地，你爱他到不管不顾，你爱他到哪怕他朝秦暮楚也依然不肯放手。

你一定这样无望地爱过一个人：你在尘世跋涉，经过千山万水，只为了给他惊喜，于是结果给了他，过程只是给你。

你一定这样用力地试图忘过一个人吧？你驱逐他的身影，入睡之前，安眠以后。

你一定这样执着地试图忘过一个人吧？你抗拒与他有关的一切，混沌之前，清醒之后。

你一定这样无望地试图忘过一个人吧？可是以后你追逐的每段感情却都有百分之几十的他的影子，寻寻觅觅，他还是占据你梦的二分之一。

眼泪是黑夜的河流，容颜是白昼的河床，只有你和悲哀被搁浅在岸上。

原来，没有谁离不开谁，只是习惯比深爱更可怕。你装作刀枪不入的样子，就要做好被万箭穿心的准备。

你曾经也日夜担心不能跟他在一起，他看见的是你的残忍，可是他从来不知道的是，在你决定离开他的那一刻眼泪喷薄而出；他不知道的是一年后的今天，你依然在路上听着某首歌泪流满面。

原来，爱也是种伤害。残忍的人，选择伤害别人；善良的人，选择伤害自己。

爱而不得，有很多原因；爱而不得，也有很多选择。有人选择了等待，有人选择了离开，有人选择了毁灭。

等待是一场赌博。运气好，柳暗花明；运气坏，永不翻身。或许，正是你的深情造就了他的无情，也正是因为他的无情，教会了你残忍。

如果你爱的人让你悲从中来，心中不安，那么这爱就有问题；如果你爱的人只会给你烦恼，让你痛苦，那么这爱已经几乎结束了；如果你爱的人让你刻骨铭心的痛，使你绝望，那么这就不是爱，而是残忍。

临睡前，能令你微笑着思念的，才是爱。你要知道，最好的爱情，是让你能够不断地完善自身，却不用丢了自己。

世界上最残忍的事，不是没遇到爱的人，而是遇到却最终错过；世界上最伤心的事，不是你爱的人不爱你，而是他爱过你，最后却不爱你。

往往在你最意想不到的时候，命运会让你尝到柠檬的酸味。你越早明白这个残酷的事实，在处理这些必将出现的麻烦事时，你就会准备得越好。

你要记住，好事情不会来得很快，但绝对值得期待。

遇见了心爱的人，可以说是幸运的，无论结局怎样，都可以说是幸福的。白头到老，固然很好，如果分手，或者为爱情伤心，也都很幸福，因为，毕竟爱过。

不论是生活，还是感情，都是用来经营的，而不是用来计较的；是用来维系的，而不是用来考验的；是用来珍惜的，而不是用来伤害的。

在这个世界上，残忍的事有很多，有的人认为被人抛弃是残忍的，有的人认为被人背后捅了刀子是残忍。实际上，当你曾经最爱的那个人面带微笑地祝福你时，你才知道什么是最残忍的。

原来，这个世界上最深的伤害，不是背叛，也不是不喜欢，而是极致深爱之后的逐渐冷漠。

一个人成熟的标志，是学会孤独，学会独立，学会绝情，学会忘记，学会放手。

学会孤独，是因为没有谁会一直把你当宝护着；学会独立，是因为不能一味地麻烦别人；学会绝情，是因为不对的人就该尽早送别；学会忘记，是因为你不能一直活在过去的时光里。

都说时光残忍，哪里是时光残忍，残忍的分明是人心。时光只是让你懂得了真的，明白了假的，于是你长大了。

因 为 不 得 言 悔，
所 以 甘 心 承 受

双子座本质上是乐观的，但是又易于悲观，常常因为别人的成功而产生嫉妒心，以至于让自己陷入消极的情绪中。

双子座最大的优点就是"能够及时走出消极情绪"，明明都快崩溃了，却可以突然"刹住车"。

双子座最怕做后悔的事情，所以经常犹豫不决。想得很多，怕负责任，如果错过了又想方设法去补救，在补救的过程中，双子会失去很多，包括自由和尊严。

不是不后悔，
是没有后悔的余地。

　　你不用羡慕别人的成绩，想想他日日夜夜的艰辛；你也不必羡慕别人说走就走的自由，而要知道他为这份自由付出的代价。

　　一切都是有代价的，无论是财富、事业还是自由。

　　所以不必羡慕，生活不在别处，而在于你付出了多少，就会收获多少。

　　因为年轻我们一无所有，也正因为年轻我们将拥有一切。超乎一切之上的一件事，就是保持青春朝气。

　　再长的路，一步步也能走完，再短的路，不迈双脚也无法到达，自己选择的路，跪着也要走完。

　　放下你的浮躁，放下你的懒惰，放下你的三分钟热度，放空你禁不住诱惑的大脑，放开你容易被任何事物吸引的眼睛，放慢你什么都想聊两句八卦的嘴巴，静下心来好好做你该做的事……该好好努力了！

本可以选择平坦磊落的路途，你却选择了荆棘丛生崎岖危险；本可以选择云淡风轻的路过，你却选择了飞蛾扑火不计后果；本可以选择热闹喧嚣的狂欢，你却选择了茕茕孑立、形单影只……

不管岁月如何变迁，因为不得言悔，所以你甘心承受。

这个世界上，最适合你走的路只有一条，就是你脚下正在走的这一条。

青春是个迷茫的季节，也夹杂着焦虑和不安。没有的想要拥有，得到的又不满足，于是你一边成长，一边挣扎，甚至开始变得对生活有点不耐烦。

生命中不缺少困难和坎坷，缺少的是一颗勇敢的心；成长的路上，不缺少荆棘和悬崖绝壁，缺少的是一份淡然从容的面对。

时刻准备和命运一较高低，勇敢的人驾驭

命运，退缩的人，匍匐在命运的脚下，任由命运踩踏。

每个人都渴望一帆风顺的人生，可有时候，命运会开一个调皮的玩笑，给你重重一击。打击，在软弱人的心里，就是天塌地陷，在勇敢人的眼里，就是生命的新开端。

有人在一次次的打击下变得萎靡不振，顶着一副生命的躯壳，过着蜗牛般的日子，或许生活没有后顾之忧，一生也就在默默无闻中虚度了时光，糟蹋了年华。

勇敢的人把一次次的打击当作垫脚石，抱着从哪里倒下去再从哪里爬起来的决心，咬紧自己的牙关，把头破血流的惨痛，化作崛起的力量，把鼻青脸肿的教训，化作扬起的风帆。

世上没有绝望的处境，只有对处境绝望的人。

你要记住，每个人都会累，没人能为你承担所有悲伤，人总有一段时间要学会长大。

感激生命中那些艰难的岁月，别把它们当成坏事，而应当看成是学习、成长的机会。

你要明白，优柔寡断，是青春期最大的负能量。

人生没什么好犹豫的。从生命角度去看，你人生路径上的任何一种选择都是错误的，无论你怎么选，都有差错。因此，当选择来临，A 和 B，拿一个便走就是。

青春终将逝去，我们不必言悔。成长没有对错，只有选择后的坚持，不后悔，走下去，就是对的。

路都是自己走出来的，绝不是参照别人的样子推断出来的，别人在某件事情上做得再好，用的方法再妙，换成你的时候，又都将会成为另外一个样子，等同于又是一条新的路。

世上不存在最好的那条路，但存在最适合你的路——那就是你自己所选择的，并且坚定地走下去的。

你要记住，时间对每一个人都公平，你是一枚果子，或许会被时光酿成酒，你是一块顽石，或许会被时光打磨。如果你不能主动成长，就一定会被命运的捉弄逼着你成长，于是，在磕磕绊绊中，你学会了生活。

越 长 大 ， 越 温 柔

像双子这种什么都爱研究，好奇心又重的星座，每一条街、每一个人都能成为他的研究对象。

双子座大多爱玩闹，他们擅长活络气氛，因此，他们身边总是不缺少一群关系要好的朋友。

随着年龄的增长，几经岁月打磨的双子座难免会将自己这种喜欢出风头，习惯自来熟的幼稚收敛起来，变得温柔、稳重。

长大，就是褪去了棱角和尖锐，日渐柔软和顺。

于是，越长大，会越知道做事不容易，也就越知道每个人都有难处，也就越不敢随随便便地瞧不起谁，以免不小心伤害了谁。

这当然不是粉饰，更不是虚伪，而是懂得了体谅和温柔，温柔的和这个世界相处。

无论友情抑或爱情，不是一辈子不吵架，而是吵架了还能一辈子，这才是最天长地久的感情。

世界上并不是所有人都可以掏心掏肺互诉衷肠，不确定就是没有把彼此放在心上，情感根本无须试探，怀揣那些心知肚明的感情就够了。

真正的感情，不会因为某次的疏忽或不理不睬从此天各一方。

时间流逝，每个人都有变化，时光就是一只顽皮的小精灵，你不知道他什么时候会给你带来遗憾；难料的是世事，一不小心就会让你永远带着还没温柔待他的悔意。

爱情也好，友情也罢，且行且珍惜，唯愿经年后没有遗憾地记得："我曾温柔待他，也曾被他温柔对待。"

长大的过程，最初是你曾经以为你什么都懂，后来才发现，你对这个世界一无所知。

有时候觉得这个世界美好无瑕，而有时候又觉得这个世界荒凉冷漠。有时假装很美好，有时候真的很开心。

也许，世间原本无伤，善变的只有人心。

抑或，身在红尘，就如身陷江湖，好多的时候原本就身不由己。

如果说，所有的痛苦只是为了丈量前行的距离，所有的经历都是为了让你变成自己更喜欢的模样，那么，即使错过了今天的太阳，你也要相信总有一缕阳光会为你绽放。

人生原本就是许多遗憾堆积成的，生活就是每天经历着，然后遗忘。

原来成长就是个拾荒之旅。是美好，还是丑恶，是丢弃，还是拾捡，全在于你自己。你要记住，青春是用来犯错的，而长大是用来改错的。

　　生活不是童话，不会是自己期待的样子。岁月告诉我们，其实，最好的并不是非做那个最优秀的，而是学着做最好的自己。

　　所有走过的历程让我们明白，所有的不愉快是从幼稚走向成熟的祭奠石。不必介意别人是怎么评价自己的，也不必在意别人对自己的定义。

　　只有经过时间的沉淀，才能看得清最美的风景；只有经过时间的证明，才会认得清最好的人。

　　每个人都有一颗自己明白的心，好好生活，好好做自己。重要的是让自己生活更开心，更幸福，更美丽。

　　你要试着经营好属于自己的生活，不仰视，

不自卑，不自命不凡。

你要试着做个处世灵活而心态成熟的人，在人际交往中保持适度的弹性，把握说话的分寸，学会婉转和变通，以保持平衡的人际关系。

你要调控好心情，就像花儿一样，心里在期待阳光和雨露，同时每一秒钟都不会停止开放，每一秒钟又都在迎接着凋零。

人生总是在失落中思索、遥望。如果人生没有了忧悲苦恼，没有悲欢离合，那么人生就是一场空白，一场惨淡。

花季的烂漫，雨季的忧伤，随着年轮渐渐淡忘，沉淀于心的，一半是对美好的追求，一半是对残缺的接纳。曾经看不惯，受不了的，如今不过淡然一笑。

愿你看清这个世界，然后爱上它！愿你能够温柔地去爱万物，哪怕遍体鳞伤，也要活得漂亮。

总有一天，你要勇敢长大，面对刺目的阳光，合上书页，忘记美好的童话。

总有一天，你会面朝阳光，努力向上，成长为自己想要的样子。

不合群是表面的孤独，合群是内心的孤独

双子是想让人靠近，却又不敢爱的星座。他有着自己独特的魅力，个性鲜明，总是让你在不经意间感动，可也让你觉得若即若离，永远都抓不住。

双子是一个很害怕孤独的星座，凡事需要人的陪伴，内心非常缺乏安全感。

如果有一天你能走进双子座的心里，你一定会震惊：平时那个对什么都无所谓的双子，原来心里装满了忧伤。为了自尊，不让人看到他的孤独忧愁。于是，这世界笑了，他也跟着合群地笑了。

也许双子需要经历几次辜负和挫折才能意识到，坚持自我有多必要。

不合群是表面的孤独，
合群是内心的孤独

．

双子座不想给人孤傲的印象，不愿独来独往，但实际上是表面很随和，内心却很孤独。

大多数双子座表面呼朋唤友，内心却缺乏依靠。为了不被孤立，双子就算是遇见不喜欢的人和事，也会选择妥协和跟随。

双子座的孤独无药可医，他们的单纯使他们经常把很多事放在感性的放大镜下观看，虽然表面上很理性，其实很感性。

你曾迫切想与一个人好好聊聊，不是寒暄，而是真正的交流，却发现共同的话题更换了无数遍，熟悉的人早已不再拥有曾经的情怀，你被无数个"哦""好吧"打败，又回到一个人自说自话。

于是你明白，不合群只是表面的孤独，合群了才是内心的孤独。

有时候，你以为你合群，其实是在浪费青春。四个人里面有三个在玩游戏，你不玩，你就是不合群；四个人里面有三人在闲谈，你不谈，你就是不合群……

然而人都是怕寂寞的，你陪着他们玩，一天、两天、一年、两年……你以为合群了，但却不知道青春不见了。

你以为你交了朋友，当你毕业一无是处时，谁还会把你当朋友；你以为你大学四年不孤单，当你毕业没有工作时，没有恋人的日子你会更孤单。

无可否认，年轻的你我本质上是群居动物，所以我们才会那么害怕孤独，害怕独处，我们才会如此急切地寻求认可，企求肯定。

　　似乎只有躲在彼此一样的人群之中，你才能感到安全；似乎只有混在相互认同的群体里，你才感觉到自在。

　　你也分不清，到底是青春的底蕴就是孤独的，抑或是孤独弥漫了整个青春？

　　其实，不合群的人不都是因为孤僻，更不是孤芳自赏、狂妄自大，而是因为内心足够强大，强大到敢于忠诚于自己的内心，敢于直面孤独。

　　这个世界上有许多同类，他们也许不在你的身边，他们懂你又走心，哪怕不在一起吃饭，哪怕不能时时陪伴左右，可是心中总是惦记着，不欢歌笑语，不呼朋唤友，也很好。

　　而有些所谓的"群"，却很有可能会吸走你所有的热情，让你变得盲目，爱攀比，心口不一，变成一个"从众者"。

　　你这么敏感的人，成为一个从众者一定会非常痛苦，压抑个性，还要心不甘、情不愿，假装合谐，跟着人家走。你要知道，一半清醒一半糊涂才是最累的。

索性，就去做一个不那么合群的人，清清爽爽，很是自在。

如果你是一个不合群的人，那挺好的，因为成为你自己，就是最棒的事。

你要坚信，英雄永远是孤独的，只有内心软弱的人才会依赖于扎堆。当然了，这里说的不合群，不是结仇，不是桀骜不驯，更不是离经叛道。

因为道不同，而不相为谋。但是不代表你和别人连话都不讲，或者恶语相向。你还是要支持和尊重别人的生活模式，只是你需要拥有自己的思想。

你要知道，自己如果选择不合群的原因，是因为你需要把时间花在内心深处更为重要的人和事上。

这个世界很奇妙，你永远不会知道，当年最贪玩的那个人，十年后会不会是政界最有潜力的明星；你也不会知道，当年最不合群的人，会不会就成为了百万富翁。

但无论如何，那些有点成就的人，其实都不合群；就算表面合群，他们内心也总有着自己的一片世界，他们喜欢静静地思考，并且一直向前迈进。

一个人，要承认自己不善交往、不合群、不随大流，是需要勇气的。

当你真正变得强大，懂得欣赏和思考的时候，你一定可以忍受直至享受孤独，享受孤独所带来的乐趣。因为独处之中存在真正的触及灵魂的自由，从而可以让人得以获得内心的自在与平和。

原来，孤独之前是迷茫，孤独之后是成长。

当你选择了一种不合群的生活，你就会少一些攀比，少一些迎合和讨好，你有的只是简单与质朴。

愿你依旧相信美好，并且内心强大；愿你能够以自己喜欢的节奏去成长，去发掘生活的诗意与美好。

你 若 不 勇 敢，
谁 替 你 坚 强

双子座总是习惯于美化生活中的一切，他们的内心认为朋友就是应该迎合的，爱情就是没有伤害的，但事实常常不是这样。

经历了几次辜负和伤害，双子座会表现出让人吃惊的坚强和韧性，以至于后来遇见再大的打击，双子座也能不动声色地扛下来。

对双子座而言，伤害有多少，坚强就有多少。

人往往在闲得发慌的时候最矫情，最脆弱，
在深渊挣扎的时候最清醒，最坚强。

　　无论你做得有多好，都会有人说你做得不够好，甚至会指责你做错了。这些负面的评价夹杂在好评之中的时候，显得格外刺耳，有一种自己这么辛苦都是白费的挫败感。

　　你和所有人一样，遇到迷茫时，就会变得软弱；受了挫折，就觉得很受伤。

　　其实，你无须沮丧，因为你很难讨好所有人，也没有必要让所有人满意，只要你问心无愧、尽力而为就够了。

　　即使你什么都没有做，有的人也会无缘无故敌视、排挤、抹黑你。遭受到如此不公平的待遇时，谁也会难过，怀疑自己是不是哪里做错了，变得更加谨小慎微，但情况依旧没有改变。

　　其实，你无须在意这种人，只要你把该做的事情做好了，谁也没有资格看不起你。

　　生活中少不了无缘无故看不起你的人，也会碰到无缘无故讨厌你的人，不必因此影响自己的心情。在你成长的路上，总会遇到几个不对眼的人，你只需继续前进，无须理会。

生活就是一边受伤，一边学会坚强。

有时候，即使你小心翼翼，也会受到外界的打击和伤害。人生就是如此，跌倒了，也要靠自己的力量爬起来，没有人会一直跟在我们身边伸出援手。你要记住，生活不完美，并不代表它不美。所有的坚强，都是软弱生的老茧。

挣扎的过程正是蝴蝶需要的成长过程，脱茧时舒服了，可是未来它却没有力量去面对生命中更多的挑战。

其实成长也是如此，如果你希望能化身成蝶，就要忍受在蛹里挣扎的痛苦过程，才能展翅高飞。

米兰·昆德拉在《不能承受的生命之轻》中

说道："人一旦迷醉于自身的软弱之中，便会一直软弱下去。会在众人的目光下倒在街头，倒在地上，甚至倒在比地面更低的地方。"

其实，这个世界上，最富有的人，是跌倒最多的人；最勇敢的人，是每次跌倒都能站起来的人；最成功的人，是那些每次跌倒，不但能站起来，还能够坚持走下去的人。

你下的决心足够坚定，才会不动声色。每次高调地宣誓与喋喋不休地强调，都只是虚张声势。

真正要放弃一个人，要开始一段新的旅程，都是沉默得有些隐忍，刻骨的感受会让你什么都不想说，不想让人知道，不想听任何人的应和。

你只想孤独地继续走自己的路，不再害怕和理会孤独寂寞的虚张声势。

当然了，我们都不是无坚不摧的超人，都有一颗脆弱的心，总会有受伤流泪的时候。而我们比较聪明的地方是在每一次受伤之后都会吸取教训，会找到更好的方法处理，会更懂得调适心情。

经历的事情多了，你就会越发从容自若，不会在乎那些刺耳的声音。

人生是一次漫长的修炼，一边受伤，一边坚强起来。我们不能辜负过去承受了许多痛苦依然坚强的自己，更不能辜负对未来充满信心的自己，修炼成一个自信、自强的人。成长就是要不断地受伤，然后不断地复原。

趁着年轻，你要学会自我疗伤，你要敢于为自己的选择买单：为虚荣，为自大，为懒惰，为无知，为软弱买单，然后再对自己说一声"活该"。

你要记住，不管别人之前是如何巧言令色、步步为营，当你做出选择的那一刻起，责任就都在你身上了，怨不得任何人，更怨不得命运和老天。

这时候，不如趁孤单一人，借着伤口给予的刺激力量，让自己优秀起来，这不仅是对自己的负责，也是给未来那个人一个好的交代。

你 不 是 真 正 的 快 乐 ，
你 的 笑 只 是 你 穿 的 保 护 色

双子座不缺朋友，走到哪里都能和别人打成一片，但就是有时候心里孤独。不过，双子座不会特意放大这种孤独，只是偶尔会产生落寞的情绪。

双子座很会装，受伤了还装得好像没事一样，其实已经心如刀割。不懂他的人会觉得他是开心的，懂他的人会看得出他笑容里的苦涩。

其实我没有那么坚强，
只是像多数人一样，学会了伪装。

一个人走夜路回家的时候，你也会感到害怕，于是你就放声歌唱，一首接着一首唱着自己喜欢的歌，假装自己一点都不怕黑，就这样装着坚强，一个人走完了很长的夜路，直到忐忑不安地回到了家。

一个人面对这繁华世间的时候，你也会茫然无助，于是你假装微笑，一次又一次地对失败、挫折和伤害微笑，假装自己安然无恙，你一个人走了一段很长的成长之路，直到疲惫不堪地走到青春的下一个路口。

因为不想再被人看穿，于是学会了掩藏；因为不想再被人刺伤，所以学会了伪装。只是有几个人能明白，你不是真正的快乐，你的笑只是你穿的保护色？

所以你宁愿把自己伪装得让别人觉得你是整天欢乐、笑点低，你也不想让别人看到你的难过、烦闷和压抑。你尽量做到不抱怨，因为你知道根本就没人喜欢听抱怨。

在旁人看来，你很坚强，坚强到可以在流泪的人面前逗笑他们，简直是无所不能，你总是轻而易举地帮助别人解决难题。但面对自己的创伤，你却只会躲在角落里看着伤口变大，只有面对最信赖的人时，你才会丢盔弃甲，委屈地流下眼泪。

在哭过之后，你又会笑着擦干眼泪，对自己说，"没关系，我可以做得很好。"

在人群里，你笑得很夸张，人人都夸你有好脾气；在暗夜里，你孤独地惆怅，只有你知道你并非真正地快乐。

一个人高不高兴，不是看脸上的笑容，而是听心里的涌动。你可以应付着所有人，却唯独骗不了自己的心；你能够承担着很多压力，却不得不承受着压抑。

你累不累，苦不苦，自己最明白；你难不难，痛不痛，自己最清楚。人生，没有谁没有苦楚，没有谁不曾劳累，你过得怎样，活得如何，自己最懂得。

每个人的骨子里，都有一份坚强留给自己；每个人的心中，都有一个角落锁住悲哀，留给心灵。

很多时候，劝人的话都会说，轮到自己就不清醒。你在生活中经历着各种各样的无奈，你和所有迷茫的年轻人一样，走在这奢华的城市中，带着疲倦、呆板，没有活力。

也许，一个人的心，最不会说谎，隐藏却坚强着，需要却伪装着。你反问自己：是人，谁没伤过、累过；是心，谁没孤独过、痛过？

再好的安慰，对于刻骨铭心的痛来说都是无济于事的，能不能走出来全凭自己；再大的弥补，对于支离破碎的青春而言也是为时已晚，能不能成长全靠坚强。

你要记住，人只活一次，从爱自己做起，才有能力活得有棱有角；从疼自己开始，才有力气活出唯一的你，珍贵的你。

做回最真的自己，活着才不会累；做好最真的自己，即使不完美，也是最美！你的坚强人尽皆知，脆弱未必有人知晓；你的表面波澜不惊，内心未必风平浪静。很多时候嘴角上扬，只是为了掩盖悲伤；刻意的欲盖弥彰，都是为了假装坚强。

沉默，不代表没话说；离开，不代表很潇洒；快乐，不代表没痛过。

这个世上，没有绝对坚强的人，只不过是把脆弱包裹得严严实实，学会了痛而不言，笑而不语。

你看，心情那么重要，凭什么让别人来影响，来左右；人心那么矜贵，干吗为忽略你的人熬上时光，赔上精力？

活着，本来就不容易。不必压抑，谁都有难言的情绪；不要刻意，谁都有得不到的情意。想哭时就任意流泪，释放心底的委屈；想笑时就尽情发挥，展示最真的心地。

懂你的人，自然懂你所有的心绪；对不懂的人，没必要伪装。

风雨人生，要么在泪水中茫然跌倒，要么从泪水中挣扎出微笑。如果你尚有余力，就活出最好、最真的自己。

害 怕 孤 独，
就 是 拒 绝 长 大

双子座是典型的双面人，有着复杂且差别极大的双重个性。

从沉静阴郁的一面看，他们是处在别人看不到的精神世界里，极端且消极。因为他们聪明的头脑使得他们看到常人不容易看到的，然而别人却不能理解，这就是造成双子座孤独感的缘由。

双子看似盲目的快乐其实是孤独的一面镜子，越是快乐的双子座，越是害怕孤独来袭。

其实每个人最终都是孤独的，
所以不必依附他人，不必获得所有人的理解，
孤独是生命的影子，有影子才有眼前的阳光。

　　小的时候，你就害怕没有伙伴，长大了，却不得不去过没有朋友、家人在身边的生活；小时候，你勇敢，对世界充满了好奇，每一条陌生的街道都能让你惊喜，长大了，却害怕单独旅行，担心迷路和好心人口中的"坏人"。

　　出于对长大的恐惧，出于对孤独的敬畏，你越发觉得无法接受无人倚仗的人生。

　　其实，这种对长大的恐惧是正常的。很多人都会把孤独看得很惨淡、很绝望、很恐怖，但其实它也是一种自由，是成长的机会，一个让你重新认识自己的机会。

　　你终究是要学会去面对孤独，就算许多年来你一直都害怕孤单，但当你学会情感上的自给自足之后，你会发现成长是件容易的事情。

　　你觉得孤独，是因为你既希望有人关心，又不想被谁过分

打扰；是因为你暗恋的人正在用力爱别人，而你羡慕的人往往比你更加努力。

你觉得孤独，因为你无奈地为一段长情画上了句号，所有你曾经觉得触手可及的幸福一下子就失去了依据，一切的美好也都随之崩塌；是因为你的内心越来越不安、越来越迷茫，你猜测不到命运到底为你安排了一个什么样的剧本。

如果你没做好准备，独自周游世界是不是听起来很可怕？那独自生活呢？

没错，是很可怕，所以我们要学着面对。

你要记住，孤独是你人生中的一堂必修课。它需要你知道，没有人会总是在雨夜接你；没有人必须要读懂你的心。

因为，有些路，你只能勇敢地一个人走。

适应孤独就是一个学习和成长的过程，但这一路你会越来越强。就像一个孤独的、找不到回家路的孩子——第一次遇到这种情况很害怕，但学会找到路之后，就能更安全更放心地离开家了。

你要记住，相比依赖别人，还是学会靠自己的双脚站立比较好。如果你可以养活你自己，那么再加上有可以依靠的人，就会让你的适应能力变成了一种优势，而不是因为软弱去依靠。

学会一个人生活就意味着你无法开始一段亲密关系？一点都不对。如果你一个人的时候都过不好，那么走进一段关系就是个彻底的错误。

因为你太依赖一个人，你不仅要他保护你、供养你，还有情感上的慰藉。你需要他关注你、认可你，给你安慰和爱。这些东西都很美好，但因为这些而需要，意味着你渴求别人的关怀，内心充满绝望，而这些并不是吸引人的特质。

试问一下，谁想跟一个内心缺爱、充满绝望的人在一起呢？

当你学会面对孤独的时候，当你学会了满足自己的情感需求的时候，你就可以骄傲地告诉自己："你可以自给自足，而不是伸手讨要。"

一旦你学会了适应孤独，那你在这段关系中就处于一个有利的位置。你们现在是两个完整的人，因为对各自有好处才走到了一起。

孤独可能是件很可怕的事情，但也可以是一件快乐的事。

当你一个人的时候你可以尽情狂欢，可以去做那些不需要借助别人帮助的事，比如读书、写字、听歌、绘画，比如去徒步旅行，去品尝美食，去认识新朋友。

你看，一个人也有一个人的精彩，你值得拥有。

当你适应了孤独，当你能够与寂寞握手言和，当你不再害怕独自生活，你才算是长大了。在这段成长的岁月里，你其实并没有付出什么代价，只是越来越清晰地认识了自己。

愿有人陪你走成长的路。如果没有，愿你在深夜里的所有心事，都变成头顶的那颗星，指向每一条正确的路。

没有期待就没有失望，
没有羁绊就不会受伤

双子座在细节方面有点强迫症，他们和其他完美主义者最大的不同就是严于律己，宽以待人，对自己很苛刻，但对别人却很宽容。

双子座同时还是典型的理想主义者，他总是希望事情能够有一个好的结果，因此对人和事总是满怀期待，但常常事与愿违，因此他常常独自苦恼，变得沮丧，甚至自卑。

双子座有时候明明知道是自己期待太高，但就是学不会适度降低期待值。

有人说带你去看东京铁塔，你就开始年复一年地盼着；有
人说有空的时候一起去看场电影，于是你日复一日地候着。

在期盼的过程中，东京铁塔慢慢地变成了你心目中的圣
地，在等待的过程中，一次相约逐渐变得比电影镜头还显得美
好珍贵。

你终于明白，生活很喜欢和我们开玩笑，你期待谁，谁就
会离你越远；你执着谁，谁就会伤你最深。

你也曾介意很多事情：介意爱得多，而被爱得少；介意许
诺的，而没有兑现；介意付出的没能换来对等的回报……

时至今日，你终于知道，你用纯粹而严谨的心来生活，但
你生活的世界和周围的人的情感已经粗糙并钝化。

如今，你常说的是一句话是："没关系，我干杯，你
随意。"

后来，你明白了多要求自己，自己就会更加独立；少要求

别人，自己就会少些失望。

有了高兴事，你找人分享。

第一个人比你还高兴，第二个人流露出羡慕的神情，第三个人努力伪装出平静，内心却波澜起伏，恨不能让你的高兴瞬间化成轻风。

从此，因为他们的表现你便把这三个人分成了三种：知己、朋友和熟人。

后来，你明白了，有些人是可以交心的，有的人是用来交往的，还有一些人是用来打个照面的。

在成长的过程中，你也有过胆小却无人可以依靠的时候；你也曾努力奔跑，却唯恐跌倒；你也曾尝尽辛酸，却只有微薄的收获；你也渴望非凡，却只是平凡。

多少次你问自己，目标在哪里，方向是何方？又有多少次，知道了生活没有想象中的那么简单，努力地为自己的失败寻找理由。

后来，你明白了，生活并不总是像自己想象的精彩；成长的道路也并总是一帆风顺的。于是你学会了坦然，坦然地与这个世界握手言和。

原来，人活得再漂亮，也会有凄凉；路走得再潇洒，也会有迷茫；歌唱得再响亮，也会有冷场。

人各有各的位置、人生观和价值观。不要苛求他人，也不要太苛求自己，保持善良，做到真诚，宽容待人，严于律己，得与失，成和败，聚或散，都是人生的一种成长。

如果没有盲目的期待，就不会有失望。

再后来，你不再在发冷时盼望暖手的人出现，也不会在卧病时说出吞咽菜羹粥时的可怜来换取同情。你不再在分别后痴等问候，你知道走不下去的时候，咬咬牙也要熬到胡同口。

再难过、再难熬、再绝望的日子，你也能望着繁华的霓虹夜景，孤独而果敢地度过寒冬。

那些别人承诺过要带你看的灯火，那些别人承诺过要陪你看的电影，那些别人说好了要和你一起走的路，你都已经自己一个人走过了。

你再也不会被别人口中描述的天地所震撼，

因为天地已在你心中。

后来你发现，在你不再过分期待的时候，"快乐"就不请自来，与黄金、白银、珍珠和玛瑙一样，变成了踏踏实实的好东西。

当你越发成熟，你就越能发现期待是一个沉默的杀手，它谋杀了无数经过时间考验的人与人之间的关系。

如果没有了对别人盲目的期待，那么漫长的孤独岁月将会变得更好过；如果没有了对成长的过分期待，就不会有那么多年轻人感到的迷茫和挫败。

对于生活，没有期待，就没有失望；对于成长，没有羁绊，就不会受伤。

愿你在不尽如人意的生命旅程里，依旧能怀抱着对沿途风景的小小期待，愿你学会随遇而安，愿你懂得适可而止。

敏 感 的 人，
不 容 易 幸 福

双子座是十二星座中最敏感的星座之一，他们的敏感和天生的优越感使他们的内心无法安宁。

过于敏感的双子座极度缺乏安全感，并且过分自卑。遇到一点事常会设身处地地为他人着想，生怕自己的言行举止让他人不愉快，其实往往不愉快的人都是自己。

双子座不喜欢主动与人打交道，却会热情地迎接并珍惜每一个对自己主动示好的人。我们平常见到的那些看似难以接近的"高傲、冷漠"的人，最有可能的就是双子。

你是不是有时候会有一种奇怪的想法，比如一看到陌生人就想赶紧躲开，比如一到某个陌生的环境就显得紧张？

你是不是有一段时间会觉得累，比如听见别人的窃窃私语，比如看到别人"意味深长"的笑容，比如别人一句有意无意的评价？

于是你开始觉得不快乐，觉得成长得很累。其实，这一切，都是因为你太敏感。

你要记住，敏感的人，不容易幸福。

敏感的人面对自己在意的人时，常会忍不住地胡乱猜疑，也总会容易感到患得患失。但这一切情绪都会在见到那个人的一个微笑之后烟消云散，也会在见到那个人的一个皱眉之后风云再起。

你看，敏感的人快乐总是那么的不容易，别人伤害你或你伤害到别人，都会让你在心里病一场。

你要记住，有时候在乎的太多，对自己也是种折磨。

做人不要太玻璃心，不要别人一条信息没回，就觉得自己做错了什么，不要被人一句"呵呵"，就觉得对方是讨厌自己。

玻璃心，加上想太多，什么事都对号入座，何必那么累。

不要那么敏感，也不要那么心软，太敏感和太心软的人，肯定过得不快乐，别人随便的一句话，你都要胡思乱想一整天。

敏感和心软都因为太在乎别人，活不出自我，可世上偏偏没那么多的将心比心，太过考虑别人的感受，注定自己不好受。

你无时无刻不在朋友圈、微博、贴吧、个人主页上展现自己的生活，同时，也在同样的平台上窥探他人的生活。

你无时无刻地不在评估他人，同时，也在接受他人的评估。"个性张扬"只是狐假虎威的外衣，为了掩饰自卑与脆弱。

你羡慕嫉妒着他人，也努力地把自己的生活修饰得让他人羡慕嫉妒。你对他人的意见过于敏感，所以无法忍受不被"点赞"的人生。

于是你一边劝告自己，要"独立、坚强"，一边又痴迷于他人的"评价"；于是你一边享受着孤独，一边又忍耐着孤独。

可是，总有一天，你会站在镜子前，发现你并不是自己喜欢的那个有趣、可爱、有吸引力、有能力的人。那么，你还喜欢镜子里的自己吗？或者，镜子里的你，还喜欢自己吗？

关于你的未来，只有你自己才知道。成长就是这样，痛并快乐着。你得接受这个世界带给你的所有伤害，然后无所畏惧地长大。

你要知道，所有的害怕、担心、顾忌都是多余的，世界不会因为你的担心害怕而改变，许多事也不会因为你的想象而变得那么糟糕，又或者多么好，那些你自己想象出来的东西，都是多余的，都是庸人自扰。

普希金曾说："敏感并不是智慧的证明，傻瓜甚至疯子有时也会格外敏感。"做人不能太敏感，但不代表不可以细腻。

细腻的人更懂得温柔，更懂得照顾别人和自己的情绪，心里也更容易被感动。但你切记，细腻要有度，不能到"敏感"的地步。

不敏感就意味着你要学会拒绝，不瞎操心；学会坚持，不因为别人一句话难受半天纠结不已；学会独立，不去迎合任何人，更不去指责别人的人生。

当你学会了定期地对记忆进行一次删除，把不愉快的人和事从记忆中摒弃，你就有了储存快乐的空间。

成长就是你哪怕难过得快死掉了，但你一觉醒来还是照常去学习、工作、生活。

愿你不再敏感，愿你不再念念不忘，愿你不再执迷不悟，愿你不再口是心非。

原谅是容易的，
但再次信任就很难了

双子座兼具了能言善辩和温柔细腻两种优点，他们总能说一些让人心花怒放的好话，因此常常打动别人；他们总能发现周围人的喜怒哀乐，因此常常很贴心。

懂得关心，又能给予全然的帮助，所以双子座很容易赢得别人的信任。但是，双子座生性多疑，所以对别人的信任往往只有一次。

如果你在乎双子座，请不要欺骗他们。

我很容易原谅人，但是我很记仇：
原谅不代表我忘记。

你知道什么时候最难熬吗?

你可能会想到融进一个陌生的环境，会想到看到喜欢的人和异性甜蜜的时候，会想到一个人难过需要亲朋好友陪伴，而他们却不在身边的时候，会想到需要有人站在自己这边的时候，左右前后都是空荡荡的……

但其实这些你都能扛过去，最难熬的时候，是一个欺骗过你的人再次出现在你面前，你已经不恨他了，甚至你已经原谅他了，却没法再信任他。

每个人都害怕深交后的陌生，认真后的痛苦，信任后的利用，温柔后的冷漠。

但凡被欺骗过后，便很难再谈信任，无关改不改过，只是以后无论他说什么做什么，你的第一感觉就是怀疑。这不怪你，这是人自我保护的本能反应。

你看，相比较原谅而言，再次信任简直是太难了。

你透支了体力，休息休息总会恢复；你透支了金钱，艰苦奋斗总会赚回来。可是如果你透支了信任，那么就算你费再大的体力，用再多的金钱和精力，都很难换回别人对你的信任。这就好像被揉皱的纸，再努力使劲，也很难再度抚平。

所以你要记住，信任是这个世界上最容易失去的东西，也是最难挽回的东西。

信任一个人有时需要许多年的时间。因此，有些人甚至终其一生也没有真正信任过任何一个人。

倘若你只信任那些能够讨你欢心的人，那是毫无意义的；倘若你信任你所见到的每一个人，那你就是一个傻瓜；倘若你毫不犹疑、匆匆忙忙地去信任一个人，那你就可能也会那么快地被你所信任的那个人背弃；倘若你只是出于某种肤浅的需要去信任一个人，那么接踵而来的可能就是恼人的猜忌和背叛；但倘若你迟迟不敢去信任一个值得你信任的人，那永远不能获得爱的甘甜和人间的温暖，你的一生也将会因此而黯淡无光。

信任是一种有生命的感觉，信任也是一种高尚的情感，信任更是一种连接人与人之间的纽带。

你有义务去信任另一个人，除非你能证实那个人不值得你信任；你也有权力得到另一个人的信任，除非你已被证实不值得那个人信任。

经验，会告诉你怎样做事；时间，会教给你如何看人；信任，则会给你安全感。

信任这种安全感不是双方必须说出彼此的全部密码，而是即使知道彼此的隐私，你也确定对方不会出卖你；这种安全感不是吵架时的隐忍，而是即使冷战，你都清楚知道对方不会放走你；这种安全感是你心甘情愿地全心信任他，同时他能懂得珍惜你的信任。

所谓的信任是："我信任你，而你也信任我"。单方面的信任不是真正的信任。

在这个世界上，能相互相信任的人不多，所以你要珍惜每一个信任你的人，珍惜每一个喜欢你的人，感谢有他们，你的生活才能更愉快、更安心、更快乐地度过。

青春是一场远行，却回不去了；青春是一

场相逢，有忘不掉的；青春是一场伤痛，有些是来不及的。但不论如何，你要学会原谅，更要学会呵护好自己的信誉。

青春易逝，不要计较得太多，更不要在怀疑、猜测中惴惴不安。与其在纷扰中度日如年，不如让自己在舒适中耗尽不会再来的生命。

如果你连自己都不信任，怎么可能信任别人？一个不信任自己的人，又怎么能得到别人的信任？

所以，别人不相信你，也不要怪对方对你不够信任，而是怪自己没有能力让他信任。

如果开始一段感情，我希望你至少能拥有三样东西：不再哭泣的眼、不再撒谎的嘴和永不枯竭的爱。

如果你决定开始全新的生活，我希望你也能拥有三样东西：信任自己的能力、活在当下的态度和一份温柔安定的情怀。

第六辑

只要活着，就一定有好事发生

双子座的兴趣太广泛，情绪又多变，忽然喜欢这样，忽然又喜欢那样。他总是不费力气地去思索一件事情的原因和本质，但总是未等探索到根源就眼睛一转，又去寻找新目标。

双子是可以同时用热情、冷酷，幼稚、成熟描述的星座。这几个词都在两个极端，也就认证了双子的性格恰巧也处在极端。

双子座有时能帮你处理大事儿，但也会像小孩子一样需要你哄；严肃起来会让你有点害怕，但如果要幽默也不在话下。

青春不迷茫，
你要做独一无二的非卖品

双子座看起来能说会道，其实很孤独，因为他们习惯性地把一切都藏在自己的心里。

双子很会保护自己，只要他们不愿意，别人休想探讨他们的秘密跟内在的想法。

在遇见感情、生活等问题的时候，双子座偏爱沉默，容易陷入迷茫之中，因为理解他们的人太少了。

生活就像一列小火车，每天载着你不断前行，中途有遭遇狂风暴雨，也有会有阳光普照，无论如何，也不会改变火车前行的轨道。

当你信心满怀时，别人看见的就是光芒万丈的你；当你沮丧失落时，别人看见的就是不值得托付的你；当你昂扬向上时，别人看见的就是值得信赖的你；当你忧伤孤独之时，别人看见的就是可怜兮兮毫无魅力的你；当你满怀希望之时，别人看到的就是明亮灿烂的你。

你要记住，自己很珍贵，即使不耀眼，也独一无二，所以你要活得高贵。

真正高贵的姿态是什么？是做自己——独一无二的自己。

就像是一湾水，温柔地不动声色，淤泥在下，莲花在上，一切都清澈，但又叫人一眼看不到底。而不是一捧火，烧大了别人觉得害怕，烧小了很快熄灭，无人再惦记。

没有人能够"弃"你，除非你自暴自弃，因为你是属于自己的，并不属于他人。

你要坚持多读书，充实的自己有不可被剥夺的财富；你要有自己的主见，不妥协，不随波逐流，不低头。如果怕黑就开灯，开心就笑，累了就睡觉，不要让自己活得那么复杂。

慢慢地你会发现，你的价值并不用通过别人来体现，你的生活完全可以自己做选择。

有的人选择做自己，所以幸不幸福全在于他自己的心态，有的人选择做别人"眼中"和"口中"的人，所以快不快乐全看别人的眼色和心情。

于是前者活得轻松、快乐，而后者活得迷茫、疲惫。

你要发现，如果一个人的生活完全依赖于他人的心情，那么这个人一定也是善变的，他的人生会像断了线的风筝，随风摇摆，无法自拔。

请对那个孤独的自己说，从心底少点依赖，并不只是陪伴才能给你真正的安全感。试着在每个阳光明媚的早上，对着镜子里的你大声说句"加油，至少还有我爱着你"。

请对那个脆弱的自己说，试着不要让别人去同情你，别人也就不知道怎么样才会伤害到你，没有人会跟你走一条路，看一样的风景，只有强大自己，才能看到最斑斓的色彩。

请对那个单纯的自己说，记住爱情不是万能的，知道自己要的是什么，能帮你做出最正确的选择，但只是选择！不会有一劳永逸的事，想不被抛弃就要将自己变得更加独立。这个世界上最开心的事就是做自己，因为当你开始做自己的时候，你会发现，没有人能做成第二个你，也没有人可以取代你。

请对那个迷恋过去的自己说，总得把旧的人请出去，才能让新的人住进来。该走的人注定会走，该留的注定不会走。

请对那个受伤的自己说，试着接纳那些愿意为你治疗、陪你疗伤的人吧。当你无力站起，就接受那双温柔的手递过来的帮助，你要知道，不是所有的伤口都可以自我愈合。

请对那个不自信的自己说，没有人比你更

美好，因为这个世界上再也不会有第二个你，所以，只有爱自己才能让别人爱你。

请对那个为情所困的自己说，在青春的列车上，如果有人要提前下车，请别太在意，忘掉所有的不开心，在寂寞中学会宽容，未来越是扑朔迷离，就越应该倍加珍惜。

每个人的时间都是有限的，所以不要为别人而活。不要被教条所限，不要活在别人的观念里，不要让别人的意见左右自己内心的声音。

最重要的是，勇敢地去追随自己的心灵和直觉，只有自己的心灵和直觉才知道你自己的真实想法，其他一切都是次要的。

如果说人生是一个剧场，那么这个剧场的导演只会是你自己，从来都不是别人。

亲爱的，愿你坚强，愿你安好，愿你成为一个独一无二的自己。

有本事任性，
也要有本事坚强

双子座一直处于矛盾的状态，仿佛两个脑袋加在一起，念头一直在转来转去的，实在是变化多端，让人难以捉摸。

乖巧时，双子可以非常乖巧，而任性时又可以非常的任性。双子座有小孩子气的固执，即使是错，下次还是固执；决定要做的事，就会坚持到底。

这世上所有任性的资格，
都是留给那些展现出决心的人的。

　　说好要找一个喜欢的人去恋爱，可始终都没有遇到，反而错失了一个又一个；说要跟朋友好好聚会，可总是还没来得及聚，就又各奔东西了。

　　说要一个人去想去的地方，可总下不了决心，反而在空想中耽搁了光阴；说要认真地读完一本书，可还没来得及翻开扉页，就被别的事情打断了。

　　当你一次次和自己想要的、想做的、想成为的一切擦肩而过时，你以为是缘分不济，你以为是时运不佳，其实是你太任性。

　　你任由自己错过一个又一个不那么完美的人，因为你说自己不愿意将就；你任由自己在朋友圈子里沉默、隐身，因为你说和别人没有共同话题；你任由青春消逝，因为你觉得一切来得及；你任由自己懒惰，因为你觉得虚度也是有意义的。

　　你就这么任性地对待青春，于是你不得不独自面对孤独寂寞，不得不接受"没有阅历、没有内涵"的青春历程。

你要记住：有本事任性，就该有本事承受任性的后果。

"突然"是个很好的词，好像一切不珍惜和措手不及都能归咎于突然。

突然夏天就过去了，突然就没有暑假了，突然就得到了，突然就失去了，突然谁住进你生命里了，突然你又弄丢谁了，仿佛任何的变故都是突然发生。

亲爱的，年轻确实有权利肆意妄为，但你必须清醒，任性也该适可而止。因为你永远不知道，在任性的时候，你会错过些什么。

任性之后是成长，而成长是一场和自己的比赛。

不要担心别人会做得比你好，你只需要每天都做得比前一天好就可以了。

不要嫉妒别人此时比你活得好，也不要顾忌别人有意无意的评价，世界运转那么快，没那么多人在意你。你自己觉得没什么，那就是真的没什么。

任性之后也是理解，理解时光易逝，理解好时光一去不复返，理解时间不等人。

你会发现，有些事情现在不做，就再也没有机会做了。

所以，趁着你还年轻，看几本书、去几个想去的远方，趁着你还可以被激励，趁着内心还可以被感动。

所以，趁着他还爱你，告诉他你的感受吧。趁着你还不怕相爱，趁着你还有勇气去爱。

即使到后来，你还是一事无成，你依旧有权利去相信，去相信自己可以穿过重重的迷茫，去相信自己能在被这个世界完美地驯养之前，抢在它前面到达梦想的栖息地，找到可以白头偕老的人。

因为，你任性过，也坚强过，所以无怨无悔。

虽然坚强不一定都有好的结果，但有时你还是得向前走。都说要找方向，可你不去碰壁又怎么知道在哪个路口该转弯。

也许大部分的努力和坚持会被浪费，或许绕了一个圈儿之后，你会发现只要当初向前一步就能做好一件事，遇到一个对的人，但你不绕这么一大圈儿，不错过一些人，你至今也不会明白这些。

所以，没什么可抱怨的，就像很多你突然明白的道理，都有着伏笔。

任性之后，也许你会觉得焦虑，无非是因为现在的你，跟想象中的自己很有距离。而打败焦虑的最好方法，就是去做那些让你焦虑的事情。

不要问，不要等，不要犹豫，不要回头，既然你认准了这条路，就不要去打听要走多久。这是打败焦虑的最好方法。

学会孤独，没有谁会一直把你当宝护着；学会独立，不能再一味地麻烦别人，自己的事自己做；学会长大，敢选择任性，就要敢坚强；学会忘记，不能活在过去的时光里。

去见你在乎的人，去做完你想做的事，就把这些当成你青春里最后的任性吧！

如果做不了大事，
就把小事做得大气一点

双子座对朋友很大气，但是对于背叛自己的，无论
是什么人，无论是出于什么理由，双子都会绝情地
忘掉对方的好，只记得对自己的伤害。

很多时候，双子座不知道对方的离开可能是自己造
成的。双子对很多的玩笑话不当回事，可是如果有
一句话触及到他的痛处，那无论是不是玩笑话，他
都会当真。

旁人不懂双子座是再正常不过的事情，因为他自己
都不懂自己。

因为你太过于热情，所以总觉得别人对你都太冷漠；因为你太爱一个人，所以别人一个疏忽你都觉得那是不爱你了。

因为你觉得梦想太远，所以你总以为别人都是时代的宠儿；因为你觉得大事轮不到自己，所以你在小事上也提不起精神。

但实际上，真正强大的人，是不会在乎别人的评价。因为他知道，不论是感情，还是生活，大气一些，总是会有好运相随。

大气不是性格，是一种人格魅力，是一个人由内而外散发的无形的力量。

大气不是从小生来的，而是经历生活慢慢培养出来的浩然之气，是一个人对生活所持有的态度；是谈吐大方得体，是处世自然和谐，不急躁，不懈怠，不该出手的时候淡然自持，该出手时让人瞠目结舌。

大气是稳重可靠，是厚重有内涵，像一本好书，让人荡气回肠，不轻不浮；大气还是一种忍让，不轻易拿自己的涵养去戳穿别人的浅薄。

这个世界上你认识那么多的人，那么多人和你有关，你再怎么改变，也不可能让每个人都喜欢你，所以还不如做一个大气的人。

做人智商不高没关系，情商不高也问题不大，但为人处世的胸怀一定要大。也就是说，你可以不聪明，也可以不懂交际，但一定要大气。如果一点点挫折就让你爬不起来，如果一两句坏话就让你不能释怀，如果动不动就讨厌一个人，那你注定成不了大气候。

大气的人有自己的生活节奏，有自己的原则和底线，不易被外界的纷争打扰。

对大气的人而言，不管环境多么纵容你，你都要对自己有要求，保持一种自律的气质。或许它暂时不能改变你的现状，但假以时日，它回馈给你的一定让你惊喜。

对自己有要求的人，总不会过得太差。一边随波逐流，一边抱怨环境糟糕的人，最没劲了。

如果你做不成大事，那就在小事上大气一些；如果你成不了大人物，就把小人物的生活过得尽兴又尽力一些。

　　因为你有你的路，不管别人怎么说，不管这条路是坎坷还是平坦，你都要走下去，因为这是自己选择的。

　　因为你有你的生活，不管别人怎么看，不管此时是幸福还是困难，你都要坚持下去，因为这种生活是你喜欢的。

　　因为你有你的梦，不管别人怎么评价，不管它是容易还是艰难，你都要努力下去，因为这是你与众不同的根源之一。

　　成长，就是逐渐知道如何走自己的路。

　　成长，就是逐渐知道怎样选择自己喜欢的生活，并能微笑着面对它的好与坏。

　　所以当你被人误解时能微笑，这是素养；当你受委屈时能坦然一笑，这是大度；当你吃亏时能开心一笑，这是豁达；当你无奈时能达观一笑，这是境界；当你危难时能泰然一笑，这是大气；当你被轻视时平静一笑，这是自信；当你失恋时能轻轻一笑，这是洒脱。

成长，就是逐渐清晰地知晓自己的梦想在哪里，并且知道以何种姿态去实现梦想。

你要明白，单纯地把自己抬得过高，别人未必仰视你；而一味地把自己摆得过低，别人未必尊重你。

做人要能抬头，更要能低头。一仰一俯之间，不仅是一个姿势，更是一种态度、一种品质。有力争上游的勇气，更要有愿意低头的大气。

如果你能多把精力放在拓展气度方面，你就会减少很多矫情的情绪。

到后来，你会慢慢明白，你缺少的只是一种成熟生命的无须言语、不必声张的稳重与大气，一种高贵灵魂的历尽劫数、洗尽铅华的恬淡与安宁。

愿你能安安心心地做好本分的角色，认认真真地做好手头的事情，愿你能更从容地成长，无忧也无惧。

你 想 要 的，
或 许 正 在 来 的 路 上

双子是所有星座中比较聪明的一个星座，在他们的
脑袋里，充满着各种各样的奇思妙想。有时候，双
子也因为思维太过跳跃而不被他人所理解。

双子座还是信息捕捉的能手，有着敏锐的观察力和
推理能力，所以如果有时候他不说，不代表他不知
道，他可能只是在用自己的方法把尴尬降到最低。

对于自己想要的东西，双子座缺少一些耐心，这时
候，奇思妙想就变成了胡思乱想，观察敏锐就变成
了捕风捉影。

每天多一点点的努力，不为别的，
只为了日后能够多一些选择，
选择云卷云舒的小日子，选择自己喜欢的人。

在你的身边，有的人能把伤感陈酿得柔软而郑重，有的人
却把快乐过得单薄且毫无耐心。

你要知道，你今天所做的好与坏，在未来某一天，喜与
忧都会照着你努力的账本，照着际遇的轨迹来找你，别急，
别急。

对生活耐心一点吧，是你的幸福总会到来；对未来坦然一
点吧，你想要的，或许正在来的路上。

有些人看起来很熟悉，可靠近了却发现很陌生；有些路看
起来很近，可是走下去却很远的，缺少耐心的人永远看不到真
心，更走不到路的尽头。

不到最后一刻，谁都不应该放弃。因为最后得到的好东
西，往往不是幸运，有时候，必须有前面的苦心经营，才有后
面的偶然相遇。

越长大，你越发看清了世界的本来面目，你要有耐心，熬过那一段惴惴不安的时光。其实世界没有你想象的那么好，也没有那么糟糕。

你也许开始会觉得着急，害怕没有时间过自己想要的生活，害怕没有机会遇见喜欢的人，害怕错过，又害怕辜负……于是你不可避免地开始焦虑、不安，急着想要踏上未来的路，生怕晚了一步就会被社会淘汰，被别人落下。

实际上，当时间把我们从青春的乌托邦拉出来之后，任谁都不能那么快地找到方向。

亲爱的，走得太急的时候停一停，聆听路边花开的声音；觉得太累时歇一歇，在物我两忘中体味时光的意味深长。

别想着前面有更美的风景，当你走到尽头，或许那里只是一片荒芜；别忽略离你最近的那些幸福，有些东西等到失去才知道愧悔；别让行程太寂寞，有一群陪着的人，一双牵着的手，比什么都重要。

你要记住：该来的始终会来，千万别太着

急，如果你失去了耐心，只会失去更多。

人总有迷茫、彷徨、畏惧与退缩的时候。但这只是暂时的，我们一定要学会从青春的迷雾中走出来。

在成长的道路上，哪里没有荆棘坎坷，哪里没有踌躇失落，上天给你困境是为了历练你的意志。走错了方向要记得停下来，丢失了自己要记得找回来。

亲爱的，走在青春的岔道口，别急着转弯，记得耐心地认清自己，然后看清方向。

很多美好的东西，都是等来的，不是抢来的，而等待需要耐心。失去耐心之时，也是我们与幸福擦肩而过的时候。

你会发现，但凡有耐心的人，往往能笑到最后。所以，别着急，好事在后头。

单身意味着你足够坚强，有足够耐心去等待那个值得拥有你的人；固执意味着你足够自信，有足够的耐心去证明自己是对的。

所以，别急着拥抱，别急着爱，天也没荒，地也没老，时间还早；别急着恨，也别急着逃跑，海不会枯，石不会烂，还有明天。

该走过的路总是要走过的，从来不要认为你走错了路，哪怕最后转了一个大弯。这条路上你看到的风景总是属于你自己的，没有人能夺走它。

就算你早已知道这个世界还存在不公、贫穷、无助。但你要明白，这个世界远不止这样，你还应该看到光明、梦想、努力和希望。

没有人能回到过去重新活着，但你我都可以从现在起，决定我们未来的模样。就像慢吞吞的绿皮火车，也许它很慢，但时间够了，总会到达你要去的那一站。

青春短促，如果你要把自己扔进情绪的洪荒里，那么你得到的也只会是青春对你最无情的辜负和伤害。

愿你依然敢做梦，也愿有人能一直陪你疯；愿你不慌不忙，也愿你如愿以偿地找到迷惘时的出路。

即 使 平 凡 ， 也 要 有 温 度

双子座喜怒无常，内心敏感，常常会因为一些小事而变脸。他常常自我纠结，郁闷的时候会深深陷入迷惘中，所以他身边需要一个温暖的人来安慰，等心结解开了，往往就会变得积极阳光。

双子座有时候看似很冷漠，其实内心是温热的；有时候看似是清高的，其实内心很随和。

其实双子座缺少的，只是一个可以衡量得失的标准和一颗笃定踏实的心。

一直喜欢下午的阳光，
它让我相信这个世界任何事情都会有转机，
相信命运的宽厚和美好。

不用害怕圆滑的人说你不够成熟，不用在意聪明的人说你不够明智，不要照原样接受别人推荐给你的生活，选择坚守，选择理想，选择倾听内心的呼唤，才能拥有最饱满的人生。

毕竟，自己终究是自己，与其委屈自己去仿照别人生活，不如自然地去过自己的生活，生活不在别处，就在你身边。

做一个有心人，比去行走神州大地更足以让你开阔眼界，因为，风景人事只在路上，欢喜触动才在心里。

别人代替不了自己去走的路，自己就要更勇敢地往前走，摔跤了坐在地上哭泣一会儿就要站起来，你要知道，太年轻的眼泪只能是一种发泄，不会懂得沧桑。

你会慢慢发现，人生总会有不期而遇的温暖和生生不息的希望。即便你再平凡，也要保护好自己的梦想、笑容、孩子气，以及内心的温度。

其实，人一简单就快乐，一世故就变老，保持一颗温润而有力的心，做个简单而知足的人，享受阳光和温暖，生活自然会轻松自在。

春有春的温暖，夏有夏的火热，秋有秋的收获，冬有冬的寒冷，学会享受生活。至于过去的，就让它过去，不要刻意地忘记，也不要刻意地想起。

你要学会朝前看，一切都会变好。

心中有爱，看世界的眼睛才会纯净，感觉世界很温暖；心中有恨，看世界的眼睛也会有杂质，世界也会变丑恶。心态变了，世界也跟着变。生活的好与坏、人生的幸与不幸、环境的好与劣，一切都取决于你的心态。

不要再埋怨命运，以感恩的心态面对生活，人生是一趟单程车，我们最应该做的，就是要好好善待自己，珍惜今天，期待明天。

那些走过的、错过的，都不再回来；丢掉的、失去的，都不复拥有。

原来岁月并不是毫无痕迹地逝去的，它只是从我们的眼前消失，却转过来躲在我们的心里，然后再慢慢地来改变我们的容貌和心情。

所以，年轻的你，无论将来会碰到什么挫折，请务必要保持一颗宽容、喜悦、温暖的心。这样，十几年以后，当你和自己再相遇时，你才能很容易地从人群中把自己辨认出来。

愿你能成为一个让人感到温暖的人，像一棵树，根深深地扎进泥土里，枝杈努力伸向天空，活得坚韧而自由。

愿你学会包容、平和、温润，有力，不去为名利爱恨争吵，也不抱怨，能去很多地方，结识很多有趣的人。

愿你有梦想，但不过分奢求，只是保持微笑，缓步前行。

就算你不能改变天气、不能改变出生、不能改变容貌，但你可以改变心情。

不必为天总是下雨烦恼，因为下雨的时候你可以不去做防晒；你也不必为火辣辣的太阳而焦虑，因为灿烂的阳光不会让你脚踏泥泞。

人 生 没 有 最 好 的 路 ，
只 有 最 适 合 自 己 的 路

双子座能言也善变；爱追求完美，却常常是想得很好，而做得一般般。

双子心里缺乏一个像天秤座那样用来衡量判断的标准。双子有成为强者的能力和潜质，也有追求完美的愿望，但又缺乏一个衡量判断的标准，所以双子座总是在不停地改变自己的主意。

但换个角度看，双子座的善变意味着他希望能做得更好。

不要饥不择食，更不能慌不择路，
适合嘴巴的东西不一定都适合你的胃，
适合胃的东西不一定都适合你的心。

你总是对别人的生活充满幻想，希望自己厌恶的人过得比自己悲凉，你羡慕别人的光鲜亮丽，也嫉妒别人的平步青云。

于是，你会时常幻想出很多戏剧性的细节或借口，然后欣喜，或者悲伤。

只是你不知道，大部分时候，别人的生活和你自己的并没有太大差别，一样波澜起伏，一样水深火热。

其实，你真正需要的不是看别人怎么走，而是要向内看看自己的内心世界。将眼光转向你自己，才是你成长之路的真正方向。

人生只有方向，而没有一成不变的路。沿着这个方向，中间要经过许多不同的路，有平坦大道，也有羊肠小路，有的曲折，有的泥泞，甚至还有陷阱，有深渊。

也许走到最后，我们都未必能实现心中的理想，但我们也不能因此坐着等。

只要走，就永远不会有绝路，真正能让我们绝望的，只有自己的心。

有的人在这条路上取得了成功，但不等于其他人不会遭遇失败。所以，结果如何，全看我们如何去走。

但请你一定要相信自己，因为没有什么东西强大到无法被爱包容，也没有什么谁卑微渺小到不配拥有爱。

人生的秘诀，就是寻找一种最适合自己的速度，莫因疾进而不堪重荷，莫因迟缓而空耗生命；人生的快乐，是去走自己的路，看自己的景。

其实，不同的路，沿途有着不同的风景，最终到达的目标自然也就不同。正因为如此，人在面临选择时，最难下的就是决心，这往往需要一定的勇气。

只有在拥有了勇气，加上正确的选择，而本身又具有一定能力的情况下，勤奋才会起作用。

人们总是试图去开辟一条新路，却不知道，新路与旧路本来就没有什么区别，只是沿途的风景有所不同而已，一样的充满坎坷，一样的泥泞崎岖。

没有人走的路就是新路，实际上它也许存在了很多年；而走的人多了，再新的路也会很快成为一条旧路。

你可以选择安全而往后走，或者选择成长而往前走。但青春的路是你必须一次又一次地选择成长，你必须一次又一次地克服恐惧。

最多人走的未必就是一条好路，很少人甚至没有人去走的也并非就是很差的路。到底应该走哪条路，又或者哪条路更适合自己，谁也不会预先知道。

人生，对于我们来说，没有最好的路，只有最适合自己的路。即使再好的路，自己没有那个能力，迟早也会被别人远远地甩在身后。

成长之路是一条"交换之路"，我们都是用朴素的童真与未经世事的洁白交换长大的勇气。

别着急长大，也别害怕迷茫，你有的是时间，过你想要的生活。

莫 让 青 春 空 留 遗 憾

双子座的双重人格会经常让他出错，不管做什么事情都处于两难的境界当中，而且不管做什么事情，都会有悔意。双子座需要一个可以代替他做决定的人，不然的话，双子做事情很有可能就会变得漏洞百出。

因为善变、敏感，加上恒心欠缺，所以不论得失成败，双子总习惯对现实感到遗憾。

其实双子需要明白，只要尽力了，只要珍惜了，即使遗憾，也很美好。

失去了才有悔意，为时已晚；
错过了才懂珍惜，只剩遗憾。

人，如果不趁年轻多努力，你有青春又如何？

都说年轻就是资本，可是你要知道，只有奋斗了，你的这项资本才有价值；只有尽力了，你的年轻才值得你炫耀。

就算我们都知道，青春的遗憾是在所难免的，但你不能眼睁睁地看着它发生。

不管你来自哪里，不管你们相隔多远，总会有个人在茫茫人海中找到你。有爱的人好好爱，没有人爱的就先努力做一个可爱的人。

不管你想要什么，也不管你距离梦想还有多大的距离，如果你下定决心去追逐，并且为之努力，那么全宇宙都会联合起来给你力量和好运。

只有努力过了，才知道许多事情坚持坚持就过来了。

你要知道，美好的日子给你带来快乐，阴暗的日子也能给你带来经验。所以，不要对生命中的任何一天怀有遗憾。

就算整个世界都不相信你，你也有那个决心坚持下去；就算全世界都准备与你为敌，你也有那个勇气抗争下去。

每个人的青春一定会有遗憾，一定会有不完美的梦想，一定会有想爱却没法在一起的人。然而，你不能因为害怕遗憾和不完美，就虚度青春；你不能因为胆怯和困惑，就选择错过。

青春里都会有不完美的梦想，我们无法决定结局。在青春散场的时候，我们会为遗憾流泪，但我们也会为曾经拥有的快乐微笑。

这就是青春，即使不完美，也会是一生难忘的最美时光。

要想减少青春里的遗憾，你最好是能够坚持自己的选择。

生活中有很多好的选择，但你不必做出那些看起来最好的选择。选择让你开心的事情，那么它便会成为你最好的选择。

要想减少青春里的遗憾，你最好是能够活得真实。

这个世界是否称赞你、羡慕你、爱你，在某种程度上是个不断膨胀的谎言。关键的问题在于，你是否对自己足够诚实，并且接受诚实之后的不完美。

真正的矛盾，并不在于什么"理想"与"现实"，而在于人的不安与胆怯：既要得到路终点的奖品，又不愿去走那条路；既要去爱，又害怕爱所带来的混乱与伤害。

然而，生活就是这样的，那些杀不死我们的痛苦，那些遗失的美好，那些不可挽回的遗憾，它们有时会让我们更加强大。

就像令我们受益最多的人，往往并不是良师益友，而是那些曾经努力伤害我们但最终并未能如愿的人。

时代让人变得更敏感，但人难以逆转时代的变化，只有在自己身上，看清这个时代带来的困惑。

趁年轻输得起，大胆去经历，并且让一切愉悦与不愉悦，都能够滋养内心，培养沉稳的判断能力，更为柔软而坚韧地活在当下。

图书在版编目(CIP)数据

我只是不愿意将就 / 林小仙著. — 北京:现代出
版社,2017.9

ISBN 978-7-5143-6407-1

Ⅰ.①我… Ⅱ.①林… Ⅲ.①散文集 – 中国 – 当代
Ⅳ.①I267

中国版本图书馆 CIP 数据核字(2017)第 238951 号

我只是不愿意将就

著　　者	林小仙	
责任编辑	赵海燕　　毕椿岚	
出版发行	现代出版社	
通信地址	北京市安定门外安华里 504 号	
邮政编码	100011	
电　　话	010-64267325　64245264（传真）	
网　　址	www.1980xd.com	
电子邮箱	xiandai@vip.sina.com	
印　　刷	吉林省吉广国际广告股份有限公司	
开　　本	880×1230　1/32	
字　　数	132 千字	
印　　张	7.5	
版　　次	2018 年 2 月第 1 版　2018 年 5 月第 2 次印刷	
书　　号	ISBN 978-7-5143-6407-1	
定　　价	38.00 元	